的亞莉亞
XXXIII
33
Aria the Scarlet Ammo
花冠的歸國兵

卡羯・
葛菈塞
Katze Glacé

伊碧麗塔・
伊士特爾
Yvirita Istel

1彈　海樓的密使

「立正站好！」

在似乎位於東京灣底下的這座設施中突然現身的舊日本海軍中校遠山雪花——現在正把她的軍刀抵在我的脖子前。

那把舊型軍刀雖然呈現西洋軍刀風格的外觀，但刀身卻是日本刀。雪花只要把戴著白手套的手再往前伸出一點，我的脖子想必就會一口氣被刺穿了。

「別這樣！妳冷靜點……！」

「瞧你驚慌失措的樣子。這樣也稱得上帝國軍人嗎！」

雪花對剛才來到這地方之前換上了海軍白色軍服的我如此大喝。

「日、日本才沒有軍人，只有自衛官啦！」

「字未闢？那是什麼？哼——你這下不打自招了，假日本人。」

雪花見到我往後退下，似乎察覺了這個小房間的出口在那個方向……於是繞到我背後的門前，而且持續把她的刀尖指著不想背對這個危險的女人而跟著把身體轉過去的我脖子前。

「……不，你應該是日本人。本人多少看得出來。但你跟本人是不同的日本人。你八成是開戰前移民到敵國，然後自願成為對日間諜的傢伙。不過沒想到居然會派一個長相跟本人如此接近的人過來，英美做事可真下功夫呢。」

在軍帽的帽簷底下，彷彿將剪齊的瀏海當成照門般瞪著我的雪花——眼神怎麼看都不是普通人。

比起至今對我舉過刀劍或槍械的任何人，雪花眼中的殺意更加不帶絲毫猶豫。

她是真貨。

是真正的軍人。

是將殺死敵人的行為視為理所當然，甚至認為是義務的人種。

而我現在被那樣的她認定為敵人。這下很不妙啊。還是老樣子，又讓我遇上糟糕的狀況了。

（——一個人去，就會有一個人來——）

留下這樣一句話並離去的精靈恩蒂米菈，原先是從不屬於這裡的某個地方來的。

雖然我不曉得那究竟是什麼地方，不過就像恩蒂米菈身為密使從「那裡」來到「這裡」一樣，據說「這裡」也有派遣密使到「那裡」。

然後透過魔術手法進行的那項瞬間移動，會伴隨或長或短的時間跳躍。

由於目前只有零碎的情報，因此我不清楚詳情，但從狀況來推斷——這是——過去舊日本軍曾經派遣密使到「那邊」。

而那個密使，就是現在我眼前的遠山雪花……！

「你身上有帶槍對吧？本人鼻子可是很靈的，靠氣味就能知道。交出來。」

如此說著並伸出左手、似乎跟我有相同長處的雪花……雖然我不清楚在戶籍上的年齡如何，不過外觀上看起來是個二十出頭的日本美女。

帶有光澤的直順長髮，用彷彿一片雪或者一朵花似的白紙緞帶綁成一束。軍帽底下的瀏海與兩側頭髮則是剪成整齊的直線。

臉頰白皙而緊實，不會過高但鼻梁漂亮的鼻子。凜然上揚的眉毛與纖長的睫毛襯托出銳利的眼神，讓人不禁聯想到拔出刀鞘的日本刀。

讓我明明面臨著生命危機卻還是忍不住被奪走注意力的……是那彷彿去的人與來的人之間取得某種平衡似地、足以匹敵恩蒂米菈的傲人身材。雪花的身體凹凸有致，教人不敢相信是從前的女性。

大概是製作之後身體才開始成長，那套白色海軍服包覆著雪花的身體，彷彿在主張那身肌膚是不可侵犯的存在——但同時又沿著她女性的身體曲線被撐得很緊。像她胸前的金色鈕釦都感覺要爆開了。

「把槍交出來……的意思是說，妳身上沒有槍對吧？或許妳覺得用刀抵著我的妳比較有優勢，但既然妳沒槍，現在比較有利的人反而應該是我。如果妳不想遭受恐怖的對待——」

身上帶槍的我靠著恩蒂米菈離去前的一吻，所獲得的血流推理出這點並說出來，但是……

「哈哈！你有什麼好恐怖的？」

雪花卻冷酷一笑，毫不畏懼我強勢的態度。

「你確實看起來會用槍，但你沒殺過人吧。」

「什麼……？那種事情妳為什麼能夠知道？」

「看眼睛就知道了。」

……真的假的？她的洞察力也太強了。

而且她剛才短短幾秒就看穿我是假軍人。既然她身上有配戴金色飾繩，代表她應該是擔任參謀相關的職位——或許是情報處理方面的菁英吧。

換言之，雪花雖然穿著海軍的軍服但並不是乘艦人員，可能是對恩蒂米菈所在的那個地方進行潛入調查、類似諜報員的武官。她使用的『本人』這個第一人稱也主要是陸軍在使用，海軍中則是像雪花剛才表示過自己隸屬的特別根據地隊，也就是美軍所謂海軍陸戰隊之類的精銳陸戰隊才會使用的詞彙。

既然如此，代表雪花在地面戰方面也是菁英。就算我身上有槍，如果貿然對她出手恐怕還是很危險。

好，那麼我就靠對話爭取時間，找出她的破綻吧。我對這個戰術還算頗拿手的。

「就算妳叫我把槍交出來，這樣被妳用刀抵著我也沒辦法動啊。所以妳先——」

「那就算了，本人自己從屍體搶。去死！」

「呃！喂！」

——咻！——嚓——！！！

雪花高舉軍刀一揮，刀鋒砍中我的頸部側面。

我的頭當場被擊飛，撞到牆壁彈回來，全身倒在地上。

有沒有搞錯！這個人居然毫不猶豫就砍人脖子！根本不在乎什麼人命！

「……嗚……！咳咳……」

我以為自己真的腦袋搬家而摸著脖子確認了一下……

太好啦，還連著。

看來狐狸巫女伏見拿給我的這套立領軍服的布料，有織進防彈防刃纖維的樣子。

要不是這樣，我現在早就死啦。

……好恐怖！舊日本軍人太恐怖了！比黑道還恐怖！

「哦？被這把和泉守兼定砍了竟然不會死。你衣服裡面穿了什麼東西是吧？」

「居、居然一下就砍人……妳這人脾氣怎麼這麼暴躁啦……！」

「不立刻殺掉敵人，自己就會被殺。這是新兵訓練一開始就會教的事情。」

咻！鏘！眼睛也沒瞧向鞘口就把刀收進刀鞘的雪花，接著在即使用銘刀也砍不死的我面前——擺出了架式，而且是徒手空拳。

既然砍不死，就揍死是嗎？這人簡直像個程式出錯導致除了攻擊以外，沒有其他指令可選的遊戲角色啊……！

「尺餘之銃，難成武器。寸餘之劍，不成何物。無寸之拳，適余所好。」

……這句臺詞，我大致上可以聽得出來……

就跟GⅢ那句『Sword beats guns. Fist beats swords.（劍強於槍，拳強於劍）』一樣嘛。那個白痴理論，原來遠山家在兩代之前就已經成立了。

然而她講這種話之後展開的徒手攻擊，目的終究是為了搶走我的槍對吧？這樣天然呆的部分也讓人覺得雪花果然是遠山家的人呢。

雪花擺出的架式是單腳跪在地上，眼睛瞪著前方的同時將上半身大幅往前傾，把雙臂向後掠翼般往後伸展的動作。

這、這是……

（……秋花……！）

不會錯，是遠山家的攻擊技——秋花。

那是以秋草和秋水為前提技的，秋三技的最終型。靠腳步對地面施展寸勁的秋草冷不防地撲向對手，像橄欖球的擒抱一樣抱住敵人身體，將敵人撞到牆上的同時施展衝撞技——秋水把敵人夾死的招式。吃了這招的敵人會全身血肉飛濺在牆上，有如一朵巨大的紅花——老家的書卷上是這麼寫的。

我可不想落得那種下場。必須設法對抗才行……！這可說是——突如其來的一場遠山家成員之間的互鬥……！

被剛才那一砍擊倒的我，現在是呈現趴在地上的姿勢。

因此雪花應該會把我的身體一邊搬起來一邊推到牆上吧。

我目前可以預測的情報只有這樣。接著，我在腦中搜尋能夠對抗秋花的防禦招式。防密技，伍絕六捷——絕宮、絕牢、絕弦——瓦捷、不捷、兆捷——閃過腦海的招式每一招都不行。從倒在地上的姿勢沒辦法正常施招。別的、沒有別的嗎……！

然而雪花也不給我什麼思考的時間……

「——散落吧！」

大叫一聲——「碰——！」地朝我飛來！

（……萬、萬旗！只有這招了！）

我最後決定使用這招老爸在尼加拉瀑布施展給我看過，但我自己從來沒用過的防禦技。因為在原理上從匍匐姿勢也能正確施展的招式只有這招啊。

萬旗是在體內引發一萬次的極細微震動，將衝擊力道細分成一萬等分承受的古密技。老爸在一秒內就能辦到這點，但我應該要花上三秒吧。來得及嗎——！

我將雪花「啪！」地用全身把我往上撞起來的衝擊力道——靠著「嘰哩嘰哩嘰哩嘰哩！」地彷彿有個鐘在我體內敲響般的自激振盪將其吸收。急速計算每萬分之一的抵消次數。一千、兩千、三千、四千——！

（……！……）

糟了……！

由於我太過焦急，竟然在第四七九八次失敗了。像彈簧般吸收衝擊的身體振盪方向些微偏開，導致接下來的所有振盪都撲空了。

雪花的秋草擒抱衝擊只被削弱一半左右。

而秋花恐怕只需要剩下三成的威力就足以把我殺死了……！

——碰磅磅磅磅磅————！

我的背部撞破剛才恩蒂米菈進入的那道門，水平飛向深處那間單調房間的牆壁。跟著緊緊扣住我腰部的雪花一起。

不過施招失敗的萬旗還是發揮了某種程度的效果。畢竟我和雪花是沿著低空與地板呈現平行飛翔，因此衝擊力道減半導致我的腳開始擦碰到地板了。離牆壁還有一段距離，也就是還有一點時間。我要趁這段時間內再出一招。

「——如果妳有辦法讓我散落……那妳就試看看吧！」

我大叫的同時，用腳施展橘花把衝擊力道分散到地面。結果造成的反作用力讓地板上飄起了某種閃閃發亮的粉末……金粉……？

我和雪花的身體失去動能，在一片昏暗之中急遽減速——碰唰——！

最後我們倒在一個直徑約五公尺，想必是剛才送走恩蒂米菈並且把雪花送來的魔法陣中央，呈現有如雪花把我往後推倒的姿勢。

後腦撞到地板的我……意識朦朧的腦中思考著。

雖然我姑且讓對手的招式失敗了，但說到底——

為什麼雪花能夠施展秋花？

雖然秋草跟秋水只要經過修行，即使在非爆發模式之下也能施展出威力較低的版本。但是根據書卷上說明，如果要把秋草用在加速上，並且在把敵人撞到牆上的瞬間施展秋水——把這兩招當成秋花的一部分使用，必須要進入返對，也就是爆發模式才行。

然後，雪花是個女性。

去年金女就驗證過了，女性進入爆發模式會變弱。女性的爆發模式應該是誘使男性產生無論如何都想保護女性的想法才對。雪花為什麼現在能夠使用不是爆發模式下就無法施展的招式……？

雪花把她那凹凸有致的身體壓在意識朦朧的我身上……

「……？」

凜然美麗的雙眉往中間一皺。大概是對於秋花竟然會失速的事情感到無法理解吧。但是她無法立刻明白那個原因，而且個性上似乎對於自己無法理解的事情不會過於深入思考的樣子……於是很快又開始摸索我腰部附近的正確位置，一如她剛開始的目的，把我的手槍奪走了。

「你果然是英美的走狗。拿的是本人沒見過的槍。唔，這把的口徑較大呢。」

站起身子的雪花抱著貝瑞塔與沙漠之鷹，雖然稍微花上點時間，但還是把彈匣取了出來。

接著她轉身背對我，搖曳黑色的長髮與白色的紙緞帶……準備從這間昏暗的房間走向剛才的房間。那是為了在燈光下確認剩餘的彈數。不妙。這下不妙啊。雪花只要確認子彈數量足夠，肯定就會當場轉回身子對我開槍。

「給、給我還來……！」

我雖然知道對方不是我叫她還來就會乖乖把槍還給我的人，而且我現在由於摔在地上的傷害導致腳步很不穩，但我依然撐起身子走向雪花。

而我的腳尖——被地板上描繪出魔法陣的線與文字的……金色、鐵絲……？給勾到了。

然後……

「——嗚喔……！」

我失去平衡，往前倒下。把雙手伸向背對著我的雪花。

結果我那雙手、偶然地……

雖然我絕對不是故意的，但是——

竟抓到了雪花的腰帶與刀鞘帶，唰！

「！」

「！」

把她軍服的白色褲子給扯下來啦！

彷彿剝皮一樣！一口氣扯到膝蓋的高度！

搞砸啦！竟然又發生之前對蘭豹也發生過的不幸狀況……！

我難道正逐漸建立起這種會對年長女性闖禍的新特質嗎？難不成我還會繼續進化嗎？

有如３Ｄ影像般蹦出來的雪花屁股呈現左右均等的美麗弧線輪廓，骨盤也大，是俗稱的安產型。如果是一般男生應該會給滿分一百分，但我則是會給負滿分一百分，不管怎麼說總之就是滿分的屁股。

而且有件事讓我的眼珠也差點像３Ｄ影像般蹦出來，就是在那屁股之間有個彷彿陷進肉裡的玩意——是繡有像荊棘的未知植物花紋、整體為蕾絲材質的，俗稱Ｔ字褲。剪裁莫名細緻，面積很小的布料部分也薄得透出膚色。妳穿的內褲可真誇張啊喂……！

「～～～～～！這個、該死的奸賊！」

頓時滿臉通紅、慌慌張張拉起褲子的雪花綁有緞帶的黑髮用力一甩——轉回身子的同時使出一記強烈的下段踢。將原本趴倒在地的我踢得仰天翻倒後，又「砰砰砰碰！」地用黑色皮鞋瘋狂踩踏我。

「去死！去死！看本人踩扁你，把你做成魷魚片！」

「痛痛痛！我不是故意的，不是故意的啦！而且既然原材料是我，再怎麼踩扁也不會變成魷魚啦！」

就這樣，當我們上演著我與暴力女子（主要是亞莉亞）之間已經是固定戲碼的攻防戰時——

「……！……」

雪花忽然停下她的腳，轉頭看向房門。

那個眼神，應該是在探查門板的另一側——伏見、玉藻與白雪，以及幾名大概是政治家的人物還有不知火，大家都穿著軍服待命的會議室——的氣息。

「門外的人數增加了。是配備武裝的人物。全數十五人左右。」

原本那間會議室中有十人左右，如果應該是在別處待命的亞莉亞她們也跑來——雪花這句發言在數量上就符合了。

但亞莉亞她們是武偵，在這種狀況下應該不會發出聲音或腳步聲才對。至少我什麼都沒有聽到。

「……妳難道有透視能力嗎？」

我猜想她搞不好真的有那種能力而如此詢問，但似乎並非那樣——

「有氣息。」雪花這麼回應我。

「妳能察覺得到嗎？那個、所謂的氣息。」

「軍中沒有察覺不到的人。察覺不到就會死啊。」

那與其說是「沒有」，不如說是「會變得沒有」比較正確吧。這就是那個時代的軍人。

雪花把鼻梁直挺的鼻子朝向門的方向，似乎靠氣味確認了敵人增援後……

「站起來。」像抓貓一樣揪住我的頸部讓我站起來，當成肉盾。

並且把我的貝瑞塔抵到我的頭上。

「如果你是美國的走狗，就會是很有用處的人質。畢竟美國兵都是一群即使讓自己暴露在性命危險之中，也不會對同伴見死不救的傢伙。呵呵呵，真是愚蠢。」

嗚哇，好邪惡的表情……！

「這把手槍的存在，讓本人確定這裡就是現世了。然而本人在玲方面度過了約一年的時間，而且軍令部也說明過往返之際可能會有超越數個月乃至一到兩年的狀況，歸返地點也不一定會是當初本人出發的橫須賀。也就是說，本人現在還無法確定這裡是什麼時候的什麼場所。本人再問你一次：現在是皇紀幾年？昭和幾年？這裡是日本領地，或者不是？就算你在間諜訓練中學到關於日本的事情有多偏離常識，應該最起碼也能回答到這個程度才對。說！老實說出來！」

雪花把手槍用力抵在我頭上，再次對我如此盤問。

「偏離常識的人是妳，現在是平成二十二年啦！」

「屏城？少胡說八道，這個假軍人！」

「妳才是假軍人吧！」

「什麼？」

「別以為我對那邊的事情一無所知。妳的領章和肩章是中校的樣式。在日本軍中女人怎麼可能成為中校？」

中校是軍隊的高層。如果在海軍中，甚至被任命為著名巡洋艦的艦長也不奇怪。

雪花胸前懸掛成U形的金色繩子——稱為飾繩的東西，是任命於參謀職位的證明。如果是官僚出身的特務軍官，也是有可能這麼年輕就當上中校。

然而，這個前提是要身為男性。舊日本軍中雖然也有女性的通信兵或醫務兵，但終究是少數，而且無法晉升到高等的階級。當時男女之間不同權的情況遠比現代還要明顯。

結果……

「——沒錯，女人確實沒辦法當上。但本人是男的，因此沒有問題。」

雪花竟講出了這種話。

不不不不。

那等美貌要說是男的也太勉強了吧。

而且剛才偶然把褲子扯下來的時候，我就很不幸地親眼確認過雪花的身體構造百分之百是個女性不會錯。換言之，她並不是類似加奈或克羅梅德爾之類的存在。

「妳在講什麼？這種美女怎麼可能會是男的！」

「……美、美女……本人是男的！或許肉體上是女性，但決定男女性別的不是肉體，是精神！」

「是肉體啦！雖然不能如此斷言的時代已經快要到來就是了……」

「——由於正處戰時，本人自小被當成男性養育，從來沒有被視為女人對待過。」

從雪花把手放在她圓滾滾的胸口上頑固如此表示的態度中——

爆發模式的我看出了一件事實。

這不是演技或玩笑。

雪花是真的**認為自己是男性**。大概是類似性別認同障礙的狀態。

根據剛才的發言，雪花是被人為性培養成這樣的。為了戰爭。

「那好，妳要那樣主張也行……但妳就算把我抓為人質，只靠妳一個人也很快就會陷入絕境囉。」

「本人也不是沒有設想過現身於敵陣之中必須孤軍奮戰的可能性。但只要心懷大和魂，帝國軍人可以一人勝過百萬敵人。快把門打開！」

雪花說著這種讓人明白當年日本為什麼會輸的精神至上理論，並且把槍繼續抵在我頭上，自己將身體藏在通往會議室門口邊的牆之後。應該是在警戒當門把被轉動的瞬間，可能就會有機關槍之類的從外面直接對著門掃射吧。還真是小心謹慎。

於是我把手放到門把上……

「喂，我現在要把門打開囉。畢竟剛才發出很多聲響，我想各位應該有想像到各種狀況，而現在的情況就大致上一如各位的想像。呃～別開槍喔？」

對門外如此說道後，「喀嚓……」地打開門。

在會議室中——

白雪與不知火依然坐在塗漆的長桌邊，和他們坐在一起的那些大概是政治家的大人們都一臉緊張地看向我。只有那個將官打扮的老人依舊讓人搞不清楚到底在睡覺還是清醒著，拄著拐杖坐在主席座。玉藻和伏見那對狐狸軍官雖然躲在桌子底下，但尾巴都露出來了。

然後——一如雪花的說法，亞莉亞、理子與蕾姬分別從室內的左、右、深處出來了。各自身上穿著海軍中尉、少尉、少尉的第二種軍裝。

雖然沒有把槍口舉向這裡，不過亞莉亞和理子都把槍套戴在可以看得到的位置，蕾姬也抱著德拉古諾夫。這是不過度刺激敵人的同時進行威嚇、牽制的做法。

「一如想像？比想像更糟呀。金次，槍居然被搶走，你是笨蛋嗎？開洞。」

「包括妳在內……為什麼我身邊總是會出現教人傷腦筋的女性呢？」

我因為被挖苦所以試著回嘴，但是被自己的槍抵著頭的狀況實在怎麼也帥氣不起來。

接著，大人們見到把我當成肉盾入侵到會議室的雪花——紛紛「真的現身了……！跟照片一模一樣。」「那就是遠山中校嗎？」「會、會不會很危險？」地騷動起來……

「唉……看來大家換上軍服也沒什麼意義的樣子呢……」

面帶苦笑的不知火額頭上也滲出汗水。

大家似乎都以為我可以再處理得更好一些的樣子，但是……無法回應各位的期待，真是抱歉喔。話說，我根本就沒有接受過任何說明，會變成這樣也是沒辦法的事情吧？雖然說應該是因為我如果聽了說明就絕對不會願意幹這種事，所以大家才沒有說明就是了。

雪花用軍帽帽簷底下的銳利雙眼，觀察室內的樣子與亞莉亞她們後——

「果然。日本根本沒有這麼白的照明設備。而且這裡的溼度溫度與剛才的房間不同。既然是裝設有空氣調節設備這種奢侈品的基地，這裡絕對是美國領地不會錯。哼！妳們這群傢伙，頭髮顏色簡直像雛米果一樣。日本才沒有像妳們這樣的帝國軍人。」

她如此說著，對亞莉亞她們嗤之以鼻。

哎呀，我也覺得亞莉亞她們要扮成舊日本軍人有點勉強就是了。顏色上不像日本人的亞莉亞、理子與蕾姬，在原本的預定計畫中，大概也是如果事態可以和平收場就不會現身吧。

「把槍丟掉，這群雛米果。要是讓本人看到任何一點可疑的舉動，本人就對這傢伙開槍。」

雪花這麼說著，把貝瑞塔重新抵在我的後腦杓。

結果那群雛米果們卻是——

「開槍？就算對金次開槍，也只會被他抓下子彈而已啦。」

「會用刀把子彈切開，從中間的縫隙穿過去啦。」

「也會用手指夾子彈讓彈道偏開。」

「喂，亞莉亞理子蕾姬，妳們這是在煽動她開槍嗎……？」

和我演起了這樣一段像搞笑相聲的對話。明明我是真的身處危機之中地說。

「亞莉亞？果然是歐美人的名字。但剛才的日文中沒有可疑的發音。妳們八成是在占領地被用在這個幼稚作戰計畫的日裔人吧。本人這次就放過妳們，所以妳們馬上離開。留下來的傢伙，本人會全數視同敵軍砍死。畢竟俘虜只要一個就足夠了。念在同族之情，本人大發慈悲等妳們五秒鐘。」

雪花講出這樣一點也不慈悲的發言，讓室內再度騷動起來——四秒鐘後……

「雪、雪花，鎮靜、鎮靜！」

「冷靜下來吭……！」

伏見中校與玉藻中校舉著雙手，從桌子底下露出臉來。

雪花見到她們從軍帽上的洞冒出來的狐狸耳朵——

「……玉、玉藻大人、伏見大人……！請問您們是怎麼了？難道是被這些人抓住了嗎？請快過來這邊。本人靠肉搏戰護送您們脫逃出去！」

當場如此慌張起來。看來雪花跟伏見、玉藻從七十年前就認識的樣子。

緊接著，坐在主席座的那個老人——不靠拐杖就「喀噠！」一聲站起身子……

「——中校閣下！」

用激動高亢的聲音如此大叫，讓大家都嚇得把頭轉了過去。

突然直挺身子的老人用力睜開彷彿被埋在滿臉皺紋之中的眼睛——擺出直立不動的姿勢，腳尖微開，下巴內縮，舉起右手，腋下只有稍微打開，五指併攏，伸到帽子的帽簷旁邊——是舊日本海軍式的舉手注目禮。會在階級後面加上『閣下』雖然是陸軍式的習慣，但我想他肯定原本是海軍軍人吧。

「……你……你是……諸星嗎……！為、為何、變得那麼老了……！」

見到那老人的雪花，當場發出錯愕的聲音。

看來這位老人……諸星先生同樣跟雪花互相認識。所以他才會來的。

「中校閣下！能夠與您再度相見，實在無比光榮！本人之所以年老，乃因為中校閣下出征之後直至今日，已過了一段漫長的歲月啊！」

軍服打扮的諸星老人保持著敬禮姿勢如此大聲說明，於是我也搭便車，稍微把頭轉回去對雪花說道：

「我一開始就跟妳講了吧，這裡是平成二十二年——西元二〇一〇年的日本啦！」

即便如此，雪花依然一臉困惑地……

「若、若是這樣，本人本來以為只是長得像而已……不過坐在那邊的少尉，是麻相家的亮朗嗎？本人在駐德時代，有在柏林見過當時去留學的你。你跟那時候比起來並沒有變老。這又要怎麼說明？」

伸手指著不知火，講出這樣的話。

「哦哦……那是我的曾祖父啦。雖然經常有認識他的人說我跟他是如同一個模子印出來的，但我們姓氏也不一樣。我叫不知火亮。遠山雪花小姐，妳現在抓為人質的這位男性——叫遠山金次，是妳弟弟的孫子。所以可以請妳別再用槍指著他了嗎？」

對這次的事件似乎多少知道一些內幕的不知火，似乎也是雪花認識的人物的子孫。

然而，即使聽到不知火這樣的說明……

「他、他是鐵的……？怎——怎麼可能會有那樣的事情！這男的是英美的走狗，是剛才還強硬想要脫掉本人衣服的奸賊啊！」

雪花依然頑固不願接受事實，而且還附加了多餘的發言。結果——

「哇哦！不愧是欽欽，相遇四秒就出手呢！」

「金次你又來了！」

「不不不，相遇後有整整超過四十秒以上啦！」

「……」

「雪花小姐是四等親所以沒關係！因此我也沒關係的！」

理子胡亂毀謗我的名聲，亞莉亞的粉紅頭上當場噴火讓軍帽都彈了起來，害我必須趕緊為自己辯護，蕾姬又用彷彿在看什麼垃圾害蟲似的眼神看向我，白雪則是對亞莉亞她們莫名其妙發飆，使得現場變成一如往常的巴斯克維爾劇場了。

不過包含那樣的情境在內，雪花似乎靠著敏銳的洞察力也注意到現在的狀況實在太過奇怪——而且自己認識的人物們應該不是大家串通騙人的樣子。

「別吵！立正站好！好……好，本人就等你們三分鐘，讓這基地內的布哨全部退場。不管怎麼樣，總之先讓本人從這裡出去——帶本人到日本領地、內地、東京霞關的軍令部去。本人無論如何都必須向大本營進行報告才行。這個報告是本人接到的軍令，而軍令是絕對的。」

雪花雖然還是用槍指著我，但態度上稍微冷靜下來，對在場的人如此說道。

——軍令是絕對的——

為了忠實達成她想必是七十年前接到的命令。

明明當初下達那道命令的軍隊已經不在了說。

雪花走在按照她的要求把人都屏退的寬敞通道時，依然沒有鬆懈對周圍的警戒。其他人都被留在會議室中，跟著雪花一起出來的只有身為人質的我，以及被指名負責帶路的不知火。雪花一路上都毫不理會似乎是為了從恩蒂米菈所在的『那邊』回來的她而準備的各種房間，直朝出口而去。

「從四周完全沒有窗戶的樣子看起來，這裡應該是地下吧。好，帶本官到層梯去。」

雪花從剛才就要求這個要求那個地不斷命令我們，但……

「層梯？」

「大概是在講樓梯吧。」

或許由於代溝的緣故，我和不知火偶爾會聽不懂她講的話而感到傷腦筋。

「這裡應該是地下十八樓吧？走下來還好，但要爬上去可累人啊。」

「畢竟這裡是II級國家機密設施，所以構造上似乎也盡可能保密的樣子……不過我記得好像有電梯吧。」

「唔，這座基地居然有電梯嗎？簡直像百貨公司一樣。好，去搭吧。本人想搭。」

雪花聽到我和不知火的對話後，講出這樣一句話……於是在不知火的帶路下，我們一起搭上了電梯。

從她踏進電梯時充滿期待的表情，以及在搭電梯時緊張的神情看起來，電梯在她的時代大概是很稀奇而讓人憧憬的玩意吧。

就這樣，我們來到地下六樓，一塊四周都是水泥牆的空曠空間。

接著，雪花和不知火之間「快去準備轎車。本人可不會等你太久喔。」「是。」地對話後，等待一段時間，不知火便開了一臺白色的**Prius**過來。

結果雪花軍帽下的眉毛用力皺了起來。

「唔……」

「這次又是什麼問題啦？」

「這真的是轎車嗎？形狀也太奇怪了。而且為什麼沒有引擎聲也沒有排氣？要是這東西用在戰場上，皇軍可難以注意到它接近啊。難道是美國的新兵器？」

「這徹頭徹尾是一臺日本車啦。是TOYOTA啊。油電混合車確實沒什麼聲音，所以我也經常差點被撞。妳也要小心點喔？」

「你說豐田（TOYOTA）？想騙人也稍微編個有現實感的故事吧。豐田自動車工業是製造陸軍用貨車的公司，除此之外的車輛根本——」

「我就說現在已經從妳那時代經過半個世紀以上了啦。現在的TOYOTA可是全世界銷售數量最多的汽車品牌。妳要坐還是不坐？我想這裡應該是東京灣某個人工島的地下，要是不坐車可沒辦法到都中心去喔。」

「……本人檢查一下。本人可不想要一坐進去車子就自爆。」

雪花小心謹慎地用槍抵著我，要我打開 Prius 的副駕駛座車門。

接著她探頭看向不知火坐的駕駛座，並且用左手輕輕摸索儀表控制板周圍——

「這……真是教人驚訝。車輛居然有裝暖氣。嗯？這車沒有離合器踏板啊。」

「這是自排車啦。現在手排車才比較稀奇勒。」

「……？……？」

雪花無法理解我講的話，頓時瞪大眼睛。不過……

「麻相……不對，不知火亮。你身上有帶槍對吧。把槍丟在這裡。」

她接著如此命令不知火，要他把 H&K Mk.23 SOCOM 丟到車門外之後，自己坐進了車後座。同時用貝瑞塔指著我，要我坐進副駕駛座。

兩腿打開、穩穩坐到位子上的雪花，將拆下的軍刀像拐杖般立在雙腳間，把戴著白手套的雙手疊在刀柄上。完全就跟電影中的軍人威風凜凜的坐姿一樣。

「發車。到海軍省的大本營軍令部去。」

把我的手槍收到自己軍服背後的雪花如此說道後，Prius 便沿著景象單調的水泥通道往地上開去。

「拜託，我就說什麼海軍還是大本營的都已經——」

我透過車內後照鏡有點發飆地說到一半，卻被不知火輕輕伸手制止……

「關於她不曉得的歷史，安排上是由防衛省戰史研究中心首長跟早川環境副大臣負責告訴她。他們會小心注意，不要給她造成太大的衝擊。雖然跟原本預定的檢疫或是餐會之類的行程順序顛倒了，不過等一下會在霞關的官廳進行那場面談。」

他小聲如此告訴我，同時用武偵的眨眼信號表示「已經聯絡妥當」。大概是剛才去開這輛車過來的時候，順便用手機跟相關人員取得了聯絡吧。

霞關無論從前或現在都是政府機關所在地。因此反過來利用這點，假裝是要前往海軍省，將雪花帶到我方相關人員所在的官廳是吧……原來如此。

另外他這段話也讓我想到了，剛才在會議室中的那些政治家之一，就是早川真子環境副大臣。藝人出身，在電視上被誇獎說是什麼「美女國會議員」的妙齡女性。也就是說，那個人等一下也會到霞關去的意思嗎？

不過防衛省就算了，環境省會跟這件事情扯上關係就讓人有點費解。雖然說政府方面做的事情讓人無法理解也是常有的事啦。

「別在那邊鬼鬼祟祟的，是男人就光明正大講話。」

從軍帽下用老鷹似的眼睛瞪著我們的雪花——首先可以確定是由於大規模視野外瞬間移動的副作用，導致大幅跳躍了時間的人物。畢竟據我所知，關係到空間的超能力似乎也會關係到時間的樣子。

換言之，她的狀況就像是從過去漂流到現代，因此必須先對她說明很多事情讓她理解才行。否則恐怕連要保護她都很難吧。

為了得到那樣的說明機會而準備前往霞關的Prius——首先通過一條細窄的專用隧道，從偽裝成工程車輛出入口的隧道口出來到一塊臨時停車場，然後很自然地開上了一般車道。

兩線道，單向通行，以及長到讓人看不見盡頭的隧道。

一如我剛才過來時的推測，這是東京灣跨海公路。

果然，剛才那地方是建在人工島——海螢火蟲下面的政府相關設施。我猜大概是高風險超能力類的實驗場所，故意建在萬一發生什麼意外也不容易波及到首都的地點吧。

Prius與一般車輛或巴士一下超車一下又被超地出了隧道後，在夜晚的川崎浮島系統交流道轉向，朝羽田方向行進。

雪花見到道路上方的藍色路標上寫有『東京』、『橫濱』、『川崎』等等地名，頓時露出開心的表情。然而當車子進入首都高灣岸線，車流量變得比較多之後……她看著車窗外的臉又露出驚訝的表情，並開始抖起穿著白褲子的腳。

明明車道左右兩側頂多只有隔音用的路樹而已，她到底是看到了什麼？

「高速公路有那麼稀奇嗎？」

我轉回頭如此詢問後……

「……這條子彈道路確實也讓人驚訝……不過路上的車子數量實在太多了。為什麼？」

「會多嗎？我覺得今天已經算很空了。首都高經常會遇上塞車導致車輛動彈不得，下車用走的搞不好還比較快的狀況啊。還有拜託妳不要再窮抖腳了行不行？看得連我都煩起來啦。」

「那樣的稱呼並不smart，這要叫富抖腳……嗚喔！發現疑似B－29的大型機！是空襲嗎！這個地區是分配到幾號防空洞？總之快走！該死！怎麼都沒有進行燈火管制！」

雪花忽然如此大聲嚷嚷，害我們也嚇了一跳──望向她凝視的方向……

結果看到在夜空中，城市燈光照亮一臺正要降落到羽田機場的噴射機。

「……不是啦。那是波音747。尾翼的標誌是美國航空啊。」

「美國！那不就是敵機了！」

「美國現在不是敵人了啦。」

「美、美國、不是、敵人……？但是這裡的地名，毫無疑問是帝都的……」

驚愕的雪花軍帽底下滲出了汗水。必須對她這樣一一進行說明才行的我則是忍不住嘆了一口氣。不知火也露出了苦笑。

Prius接著進入我們的地盤──台場，漸漸可以看到臨海副都心的景象──調色盤城遊樂園、維納斯城堡、東京Big Sight、彩虹大橋──

「……嗚……嗚嗚……」

雪花見到那些閃亮耀眼的街景，有如腦袋過熱似地眼睛開始打轉起來。這裡即使地名相同，景象也跟戰爭時期完全不一樣，因此讓她難以湧現「這裡就是東京」的現實感吧。

雖然原先的安排上是要先對她進行歷史說明會的，不過……我轉向不知火說道：

「……照這狀況，是不是由我們先對她進行事前解說會比較好啊？要是連自己現在究竟在什麼地方都搞不清楚，恐怕會心情不安到聽了什麼都進不了腦袋啊。」

「或許吧。那就稍微開到一般道路上，讓她看看比較有生活感的街景好了。」

不知火也點點頭後，讓車子從芝公園交流道開下高速公路——來到麻布十番住宅與商店較多的地區。

雪花從建築物的縫隙間看到東京鐵塔與六本木新城，雖然驚訝得瞪大眼睛，不過……

「來，妳仔細看看，不管是下班後走在路上的上班族，或是坐在餐廳裡聊天的女高中生，大家都是日本人吧。這裡是日本，是妳最後看過的東京大約七十年後的樣子。」

「……七十年後……」

畢竟街上的人們確實都是日本人，讓雪花總算露出能夠理解這點的表情。雖然似乎還是忍不住驚訝與緊張就是了。

接著在停紅燈時，雪花從車窗看到外面麥當勞的招牌……

「……馬克・達那魯茲……？」

她頓時皺起眉頭，感到奇怪地如此念出McDonald's的文字。

「或許那樣的發音比較正確啦，不過日本人是念作麥當勞。」

「除了那間店以外也有很多，為什麼在東京可以那樣光明正大地把敵性語言的招牌亮在街上？」

「就算妳問我為什麼……畢竟麥當勞是美國的公司啊……」

「美國的飛機飛在天上，街上又有這麼多美國的店家……也就是說，帝都……難道在這個七十年後的日本成了占領地嗎？」

「不是那樣，日本是獨立國家啦。」

聽到我這句話，坐姿保持端正的雪花頓時……

……呼……

彷彿打從心底感到放心似的，深深吐了一口氣。

「從各種現象看來，本人可以理解這裡是未來的東京了。也就是說──日本在大東亞戰爭中獲勝了是吧。雖然這種事情其實不應該感到驚訝，但本人可真是驚訝。日本居然能夠顛覆那樣的國力差距獲得勝利，果然地球上沒有任何存在能夠敵得過大和魂啊！哈哈哈！」

來往的車輛。招牌的霓虹燈。在車窗外這些燈光照耀下，雪花天真無邪的笑容讓我感到不寒而慄……

「妳在笑什麼啦？日本可是在戰爭中──」

我講到一半，注意到不知火用眼神在對我打暗號。那是代表『那件事最好不要講出來』的視線。

說得……也對。

戰爭時期的人會為了戰爭犧牲一切。無論夢想、自由甚至生命。

雪花就是活在那種時代的人，而且還是個軍人。

要是把日本戰敗的事實貿然說出口，讓她承受強烈的打擊，將難以預料她會想到什麼並做出什麼行動。畢竟她是個脾氣暴躁的人，更何況——她現在身上有刀有槍。

說到底，我們現在就是為了順利讓她理解這點，正帶她前往由歷史家與政治家召開的面談啊。

所以我現在還是什麼也別對她講比較好吧。

正當我心中如此決定的同時——Prius穿過六本木，經由溜池進入了霞關。

「哦哦，是帝國議會新議事堂。那裡就沒什麼改變了。好，讓本人在這裡下車。接下來本人靠自己的雙腳前往海軍省。」

就在車子快要到達財務省旁交叉路口的時候，雪花忽然講出這種話，於是……

「我勸妳最好別那樣做。海軍省什麼的早就……呃~該怎麼說，畢竟事隔七十年了，妳忽然過去，對方應該也不會理妳吧。我們會幫妳介紹……」

我為了能夠把雪花載到歷史說明會場的環境省官廳，於是隨便編了個理由拒絕她的要求。

結果——

雪花這時突然恢復嚴肅的態度，從白褲子背後拔出了我的貝瑞塔。

「哼！別以為本人沒有看穿你們詭異的樣子。你們雖然有講實話，但也有在撒謊。現在要前往的地方想必不是海軍省吧。你們八成是企圖將本人監禁起來，對本人施行再教育。休想得逞。」

——糟了。

雪花擁有無時無刻活在生命危險之中的軍人特有的高度洞察力。我們就算是武偵，也終究是活在和平時代的人。即使我們認為自己瞞得過她，她終究還是看穿了我們在想的事情。

「妳別這樣，我們這麼做是有理由的。呃，不會對妳做什麼壞事啦……！」

「遠山中校，我們和妳是站在同一邊的。」

「那還真是感謝啊。但你們和本人的目的並不一致。本人身負軍令，而軍令是絕對的。」

正當雪花露出日本軍人死板不知變通的眼神，再度如此重申的時候——

「——啊——！」

不知火忽然短促叫了一聲，把方向盤打向右側。

身體頓時被甩向左方的同時，我也注意到狀況了。

對向車道有一輛輕型轎車完全沒有確認這邊的車道就在交叉路口右轉。來不及，閃不開了。輕型轎車逼近而來——

碰磅————！

——正面對撞了！

輕型轎車與Prius各自的左前方互撞，讓彼此的後半車身都彈了起來。從Prius的方向盤與儀表控制板迸出SRS氣囊，從我左側也展開了側面氣囊。在氣囊撞擊下，讓我不禁頭暈目眩。

怎、怎麼會這樣。

居然在這種時候發生交通事故——是右轉車與直行車的對撞車禍……！

我解開安全帶，爬出車外來到財務省旁交叉路口一看……對向車的駕駛應該沒有受傷的樣子。雖然車子前側的保險桿與水箱罩都脫落，引擎蓋也摺成一座山的形狀，不過看來就是這些零件損毀發揮了緩衝的效果。感覺應該才剛大學畢業的年輕上班族小姐握著方向盤臉色發青地看著我們，駕駛座旁還可以看到掛著「新手上路」的牌子。

「嗚……遠、遠山同學，你沒事吧？還好有繫安全帶……」

「……啊！……雪花可沒繫安全帶啊！」

聽到蹣跚下車的不知火如此說道而想起這點的我，趕緊撥開窗簾式氣囊探頭看向車後座——

（……！）

不在。

我緊接著看向 Prius 變形的車體下方，但還是找不到。即使環顧周圍，都看不到那身影。

「——她逃走了。不愧是軍人，居然不發出一點腳步聲就瞬間消失啦。」

「什麼！」

不知火頓時慌張起來……不過我倒是沒那麼緊張。

雪花應該不會隨便傷害路上民眾才對。畢竟她腦袋似乎已經理解這裡就是日本，而且她現在的立場上必須設法逃躲才行，因此想必不會做出可能暴露自己行蹤的行為。

「竟然在這種時候遇上車禍……再怎麼不幸也該有個限度吧。你去聯絡相關人員進行車禍的後續處理。我去找雪花。」

「了解。啊，遠山同學，衣服——」

不知火打開 Prius 的後車箱蓋，把我剛才前往海螢火蟲的地下設施時，在車上脫下來的武偵高中制服遞給我。

看來他是去開車過來的時候順便把這玩意放到車上的。這男的雖然有些狡猾不好對付的部分，但還是老樣子這麼細心啊。

「你去告訴那些大人，你們的作戰策略每一計每一步全部都是失策——這套假軍服也只是觸怒了雪花，害我也差點被殺了。不過畢竟雪花是我的親族，我現在也已經完全被捲入其中，所以我不會特別抗議什麼。但既然把我拖進來了，關於那個人的事情今後就暫時交給我處理。為了不要造成多頭馬車的狀況，別額外對我下什麼命令。」

我口齒鋒利地如此說道後，不知火就像代替那些政治家發言似地回應一句「知道了，就那麼辦。可是……」並對我露出擔心的表情。

「大概一方面也因為有血緣關係的緣故，我隱約可以知道雪花會感到生氣或高興的事情，也能猜到幾個她可能會去的地方。哦哦，你放心，我沒有要把你晾在一旁的打算。當我需要什麼協助的時候，我會毫不客氣找你商量。你等一下也記得把你所知道的範圍都說明給我聽喔？」

我躲在毀損的Prius後面一邊如此說著，一邊換穿衣服……趁警察趕來之前快步離開現場，進入東京地鐵的霞關站。

我好歹也是偵探科出身，關於逃亡者可能會去的場所類型我都有學過。以雪花的狀況來說，那個可能的場所相當有限，跟我能夠想到的地點也互相一致。雪花身上應該沒有現金，就算有也都是舊錢，所以她想必是靠徒步前往那個地點。而我可以搭電車搶在她前面，因此有多餘的時間能夠讓我進行各種準備工作。

（等抓到雪花之後……接著可能會是一段持久戰啊。）

如此想的我，首先——在日比谷線的月臺等車的同時，打電話給應該人在台場的金天。結果……

『Yo, bro. Is it a next game?（嘿，老哥。下一場戰爭開始了嗎？）』

咦？怎麼是GⅢ接電話了？

「給我用日文講話。而且我不是打電話給你。叫金天來聽電話。一如你的預測，我這邊發生戰爭了。雖然說不是下一場，而是前一場就是了。」

『你在講啥啦？我完全聽不懂……雖然老哥講話讓人可以聽懂的時候比較少啦。算了，沒差，既然這樣就把我帶去那個戰場吧。我從那之後就一直被桃樂西糾纏，快要受不了啦……所以現在躲到老哥這間小房間來避難了。』

「不要把我家當成避難所！而且很抱歉，在這次的事件中，你是絕對ＮＧ。因為關鍵人物很敵視美國啊。」

『啥？老哥你該不會是藏匿了什麼伊朗或利比亞的恐怖分子吧？而且是女的。』

「……雖然確實是女的沒錯啦。那人是歷史上讓美軍流了最多血的超反美國家之一的正規軍幹部，而且超強。你的美國感太強烈了，要是跟那人見到面，都不曉得她會對你做出什麼事。金天雖然也是美國出身，但日本感很強，所以我想應該沒問題。你叫她從我房間把我接下來講的東西帶過來。地點是巢鴨，我的老家。」

我在日比谷站轉搭都營三田線來到巢鴨後，走路到老家門前……爺爺跟奶奶似乎都在家，不過從家中沒有傳來什麼騷動的聲音。

畢竟這裡從江戶時代以來都是遠山家一族居住的地方，因此雪花會過來這裡的可能性很高。而我現在一如預測比她早到了，就暫時在這裡等她吧。

我透過電郵聯絡不知火關於我現在的所在地等等情報後——吊帶裙打扮的金天搭計程車來了。

「哥哥大人，我拿剛才GⅢ交代我的東西過來了。」

像垂耳兔一樣的雙馬尾彈呀彈地來到我面前的金天……把我的書包以及裝有私人物品的紙袋交給我。

「謝啦。這些東西應該很重吧？嗯……這是什麼？」

紙袋裡有個被擅自開封過的小包裹，於是我拿出來一看……是在海關被蓋上『火器類』官印的國際包裹。寄件人是平賀同學。

包裹裡是用麥克筆寫了『開傘彈・樣品×六』的夾鍊袋，裡面裝有五顆九公厘子彈。根據懶懶熊圖案的信紙上寫的說明——這是纖維彈的發展型，是前進彈子會變成迷你降落傘的子彈。超強的。是可以用手槍發射的降落傘啊。可是為什麼少了一發？

「呃，因為哥哥大人房間的信箱塞滿傳單跟郵件，結果大矢小姐就來罵人了。所以我把郵件都收回來之後，GⅢ看到這個包裹說了一句『文・平賀是個尖端科學家』，而聽到這句話的九九藻小姐就說『裡面應該裝了什麼很有趣的東西吧？』然後把包裹拆開了……」

這明明不是金天的錯，她卻露出一臉抱歉的表情。真是個像天使般心地善良的小孩呢。

「那隻該死的狐狸……」

「九九藻小姐從哥哥大人的公寓上跳下來試擊的時候，確實展開了一面非～常薄的滑翔型降落傘。可是不太能夠減速，結果她掉到垃圾集中處把屋頂撞破，又被大矢小姐罵了。」

嗚嗚……在我家……GⅢ一黨的人不斷在惹房東大矢小姐生氣啊……

之前欠繳房租被她襲擊的恐怖回憶又湧上腦海的我，為了逃避現實而打開書包跟紙袋——繼續確認金天幫我拿來的教科書、筆記本與筆電等等東西。

……嗯？怎麼有個我沒有拜託她帶來的、用圖案可愛的紙信封袋裝的東西？感覺好像是書本。很薄。

「啊！哥哥大人……那是柯林斯先生和馬許先生說……『既然男生把這種東西藏在家裡，就應該帶過去給他。』……而我也覺得，既然哥哥大人是男性，應該會需要這樣的東西……就包起來一起帶過來了。」

聖金天小妹妹怎麼忽然用左右兩邊的小手手遮住她變紅的蘿莉臉蛋了？

「……？」

於是我把信封裡的東西稍微抽出來一看……喂！……這不是之前藤木林和勅使川原給我的特別書嗎！二次元跟三次元的！不可以讓一個這麼惹人憐愛的小學女孩子幫忙打包運送這種東西吧！雖然我小學的時候也幫老爸運送過子彈，所以可以說有其父必有其子就是了啦……！

看來我原先的猜測似乎錯了。金天回去之後，我在寒冷的夜空下等了又等——雪花卻遲遲沒有到遠山家來。

即使考慮到她繞路亂走的可能性，也已經超過從霞關走到這裡的時間。於是我決定前往雪花可能會去的第二個候補地點，也就是離這裡很近的巢鴨五丁目——本妙寺。

那間寺廟中有以著名奉行遠山金四郎景元為首的遠山家代代家墓。

因此我首先來到那個墓碑前……

……找到了。

由於穿著白色的第二種軍裝，所以即使在昏暗環境中也很容易看到的雪花，身體靠著墓碑的石臺坐在地面上，茫然地抬頭望著聳立於池袋的太陽城60。

於是我隱藏氣息走近她，發現街燈照耀下的雪花……雖然端正的美貌依舊，但臉上浮現出疲勞的神情。明顯到甚至靠頭上的那頂凜然的軍帽也難以掩飾的程度。

「——本人想起來了。『金次』就跟本人曾祖父的弟弟同名。這是遠山家的習俗啊。」

雪花忽然也不看向我就用清徹的女低音嗓音對我如此說道。氣氛上感覺她早已發現我接近她了。

……遠山家的人大概是點子不足的緣故，經常會用祖先的名字幫子孫取名。她就是在講這件事吧。

「身為一名帝國軍人，無論遇上什麼困難都應當不會受挫才對……但這個狀況還是讓本人大受打擊啊。人們明明語言可以通，講的話卻不通。東西全部都參雜了美國。路上太多不會發出聲音的車子，本人光是抵達這裡之前就被輾了三次、撞了三次。」

真虧妳還活著啊。遠山家的人或許代代都很耐打呢。

「……這裡真的是現世的日本嗎？還是思鄉之念導致本人弱小的精神發生異常，看到了什麼幻覺嗎？」

所謂事實勝於雄辯。看來雪花她——比起我和不知火的各種說明，更是被來到這裡的路上自己親眼見到的真實現代日本給重挫了心靈。因此現在變得有點氣餒了。

「妳就是為了尋求這裡是現世的證據，所以才來到這地方的不是嗎？」

我把手放到遠山景元的墓碑上如此說道後，雪花便死了心似地垂下頭……

「……這心境簡直有如浦島太郎啊……」

她說著，連同白色的軍帽一起抱住自己的頭。

「剛才我也說過了，現在已經從妳的時代大約經過了七十年左右。妳稍微冷靜想想看吧。如果從妳的時代往前算七十年，可是明治維新的時代。世界當然會完全不一樣了。」

「這麼說也對……那麼，這裡真的是東京府……不，如果帝國議會正在審議中的東京都制案順利通過，這裡就是東京都了是吧。」

「那部分的歷史我是不曉得啦，不過這裡就是東京都豐島區的巢鴨。」

我一邊講話一邊確認，雪花由於見到日本完全變了樣而飽受衝擊，又被車子肇事逃逸……應該講被撞逃逸？似乎讓她身心都快要到極限了。因此她現在應該不會再有把我抓為人質繼續胡鬧的危險性吧。

「然後呢？妳接下來怎麼打算？總不能住在這地方吧？遠山家的位置跟戰爭時期一樣，就在這附近。妳的弟弟鐵——也就是我爺爺，以及我奶奶都住在那裡。奶奶名字叫雪津，妳認識嗎？」

「哦哦，鐵跟雪津結婚了嗎？畢竟雪津總是會尾隨……不對，總是黏著鐵的後面走。本人一直都認為他們是良緣呢。」

雪花聽到爺爺跟奶奶結婚的事情便頓時變得表情明亮，搖曳黑色的長髮站起身子。接著重新戴好軍帽，挺直背脊，端正姿勢。

在秋季的夜風中深呼吸一口氣後，那對銳利而帥氣的眼眸——看起來很快就切換心情，逐漸建立起面對現實的精神準備了。

無論遇到什麼樣的狀況，都要繼續往前進。想必這個人一直以來都是過著如果不這麼做就無法生存下去的人生吧。就跟活在那個時代的所有人一樣。

我抱著這樣的感想，並且帶雪花走回老家的同時——又寄了一封電郵給不知火，告知他我已經找到雪花，對方也已經認同我是自家人，因此姑且能夠安全進行對話。但現在還是不要貿然刺激她比較好，所以如果要派什麼人過來，最好還是由我擔任窗口，不要直接跟雪花接觸等等。

「……你在做什麼？這個時代的人好像大家都隨身帶著那樣的小型配電板。」

「這是行動（電話）啦。」

「本人看就知道你在做某種行動。本人是問你在用什麼東西行動。」

「行動就是行動。我用行動在行動啦。所謂的行動，就是無線電話。」

「什麼？居然是無線電話機嗎……！那遠比美軍或德軍的東西還要小型啊……」

「以前的無線電話很大嗎？」

「海軍的九六式空一號無線電話機光體積就是你那東西的七十倍，重量有十八公斤，可與三十浬遠的對象通話。既然有辦法小型化到那種程度，通信距離想必也變得更長了吧？」

「距離？呃不，這不管跟哪裡都能通話，就算是地球的另一側也沒問題啊。」

「你說……什麼……」

我和雪花如此交談，並重新回到了老家門前。

畢竟這次事發突然，我並沒有事先聯絡就跑來了……

這狀況，該怎麼說明才好啊？

爺爺以前說過『姊姊在戰爭時期下落不明了』之類的話，因此應該會大吃一驚。

但既然都已經把人帶來了，我就照事實告訴他們吧。

於是我敲了敲跟海螺小姐家同樣類型的遠山家大門……

「爺爺，是我，金次。呃~今晚我帶了個客人……或者應該說帶了個家人來……」

我如此呼喚後，爺爺就從屋內打開門鎖……

「哦，是金次啊。」

他把門「喀啦喀啦」地往旁邊拉開，接著便「咚！」的一聲……雙腳發軟，一屁股癱坐在玄關啦。而且他身上穿著輕便和服，底下的四角褲整個都曝光了。

「——姊、姊姊！妳還活著！」

「你那是什麼打從心底感到討厭的表情？沒錯，本人就是雪花。現在回來了。話說，哈哈！鐵，你老了啊。」

「妳、妳妳、妳應該在軍方的實驗中、身身身亡了才對啊……！是、是幽靈嗎？」

「蠢貨。你看不到這兩條腿嗎？」

雪花脫下黑色皮鞋，進入家中後——

「姊姊大人，妳回來啦。唉呦唉呦，跟以前都沒變呢……」

從廚房穿著烹飪服出來迎接的奶奶倒是老樣子保持著平常心。哎呀，畢竟她從以前就是個不論遇上什麼事情都不會慌張的人，而且最近開始變得有點痴呆了嘛。

「爺爺，你站起來吧。你自己以前不就說過了嗎？死而復生在遠山家是稀鬆平常的事情。哎呀，雖然這次的狀況實際上並不是死而復生——詳細過程我也不清楚，但雪花是有點像時光旅行過來的感覺就是了啦。」

「就是那樣。為了慶祝歸來，去準備酒。今晚本人喝一杯就要睡了。」

雪花笑著轉身如此說道，黑色的長髮遲了一拍後跟著甩動。

被雪花命令的爺爺嘴上嘀咕著「姊姊的一杯可是一升的意思……酒行不知還有沒有在營業啊」，並蹣跚走出家門，奶奶則是回到廚房中泡茶。

遠山家雖然到處改建過，但格局似乎基本上跟以前沒什麼變的樣子——於是雪花一副很熟悉模樣地快步走在走廊上，而我也追著她搖曳的白色紙緞帶跟在後面。

進入客房後，雪花見到掛軸與庭院……

「岩瀨忠震的掛軸還是沒變啊。哦哦，因為糧食不足而種的柿子已經長成樹了。」

她起初還感到懷念地瞇起眼睛，不過——

當她看到掛在柱子上的日曆寫著『二〇一〇年十月十六日（六）』的日期，表情又再度嚴肅起來。

接著身體軸心一點也不偏移地轉回身子看向我……

「——到頭來，大東亞戰爭的結果究竟如何？你剛才似乎講到一半又住嘴了。」

她用一臉「果然還是很在意這點」的表情如此詢問我。

日本的、戰敗。

由於這點必須用很謹慎的講法向她說明，所以不知火剛剛才會讓我住嘴的。可是正式說明的機會又因為剛才在霞關的那場車禍而喪失了。該怎麼辦？

「呃～……關於這點嘛……」

「你用不著顧忌本人的心情。想必是日本雖然獲勝，但並非占領了北美大陸的完全勝利，而是東條政府最後跟羅斯福講和了吧。現在日本的占領地區——大東亞共榮圈應該只有到中華民國、滿洲、印度支那半島、泰國、印度、澳洲等地而已。」

雪花笑咪咪地，但是依然帶著非常嚴重的誤會如此說道。

這……應該不能繼續放著不管吧。身為一個現代人。

我只能靠我能想到最好的方法告訴她了。畢竟這種事繼續隱瞞下去也沒意義。

「呃～……首先妳在最根本的部分已經搞錯。日本其實戰敗了。東京也曾經被燒成一片荒野。」

「哈哈哈！怎麼可能有那種事情。英美才沒有什麼武士的憐憫心。戰敗即是滅亡，是代表日本民族滅絕的意思。而且被燒成荒野的地方怎麼可能變成這樣的大都市？德意志帝國又如何了？希特勒總統呢？」

「德國也和日本差不多，已經變成跟當時完全不一樣的國家。希特勒則是自殺了。」

「……本人身為帝國軍人，多少有些幽默的素養，但還是無法理解。你為何要開那樣的玩笑？」

「我不會拿這種事情開玩笑。」

我簡潔道出事實後——

「……」

雪花用她那對黑曜石般的雙眼直視我的眼睛。

然後大概是靠她優秀的洞察力理解我並非在說謊……讓她的臉漸漸緊張起來。

接著一段沉默之後，雪花露出做好覺悟的表情，挺直背脊……

「……那麼，你剛才說過『平成』這個年號……代表陛下已經……」

用顫抖的聲音對我如此詢問。

……戰史方面姑且不說，但在這點上……

雖然我為了升學考試有讀過歷史，但還是不要從我的嘴巴對她說明會比較好吧。

於是我拿起剛才金天幫我送來的書包，從裡面抽出日本史的參考書。

「這是我讀書時使用的日本史書籍。裡面也有寫到關於妳不在的這段期間的現代史。但是從妳至今的發言來看……這之中想必會有很多讓妳感到衝擊的內容。我先借給妳，妳就等明天——心情稍微鎮定下來之後讀讀看吧。」

聽到我這段話，雪花眨了一下眼睛……

「……明天？姪孫金次啊，就讓本人教你一件事，你好好記住。人並不一定都能迎接明天到來。本人現在就讀。」

她說著，對我伸出手。

——人並不一定都能迎接明天到來。

搞不好今天就會死了。

因此無論什麼事情，都要趁現在做。

原來如此，這確實是很符合軍人特質的思考方式。

「好。不過妳要用手槍跟我交換這本書，還有妳的軍刀也要暫時交給我保管。」

我趁這機會提出了這樣的交涉。

畢竟雪花她——如果知道了那個時代的人民視為現人神的昭和天皇已經不在的事實，搞不好會當場舉槍自盡或是切腹自殺。

「為什麼？」

「我沒有回答妳的必要，而且妳應該也是已經隱約知道卻明知故問吧？總之——對於現在的妳來說，我想這本書會比槍或刀更具有意義喔。」

我擺出頑固的態度後——

「也罷。」

雪花從她被軍服包覆的圓屁股上方抽出我的兩把手槍，抓著滑套的部分交還給我——然後沉下睫毛修長的眼皮，用優美的動作靜靜拆下軍刀。

收下這些東西的我首先將手槍收回槍套，再把刀靠到紙拉門旁的牆上。

這段期間，雪花則是把爺爺買來卻根本沒用過的浪曲用矮桌搬到房間的正中央。

「……妳都不會害怕知道事實嗎？」

「會害怕知道事實的人，就是害怕活下去的人。」

如此表示的雪花跪坐到地板上——毫不猶豫地翻開放到矮桌上的日本史參考書。

「哦哦，是全彩照片。看來印刷技術也在這七十年間大幅發展了。」

她愉快地如此說著，並開始翻動書頁。

然而就在最開始的繩文時代部分，忽然皺起她形狀優美的雙眉。

「國史竟然不是從伊奘諾尊跟伊奘冉尊開始寫。這教科書真的可信嗎？」

「我想應該比妳那時代的教科書來得可信啦。」

在用身體擋著軍刀站立的我監視下，雪花在只有走廊上的立鐘傳來喀喀聲響的房間內……繼續讀著參考書。

到幕末時代為止的部分，或許是為了評估這本書的可信度，而只是簡略挑重點翻閱，不過到了明治時代左右，便漸漸開始細讀……

接著內容總算進入昭和時代，太平洋戰爭的部分。珍珠港攻擊——

「……」

馬來亞海戰的勝利。日本軍占領香港。占領馬尼拉。占領吉隆坡。占領新加坡。占領大光。占領以前的巴達維亞，也就是現在的雅加達。

接著中途島海戰落敗。瓜達康納爾島戰役落敗。山本五十六海軍大將戰歿，學生出征，馬里亞納海戰、雷伊泰灣海戰落敗。硫磺島淪陷。沖繩戰役。東京大空襲……

「……」

雪花看到東京化為焦土的照片，額頭上滲出汗水。

蘇聯對日宣戰。原子彈爆炸。接受波茨坦宣言……

她的表情雖然被軍帽的帽簷遮著，不過……心境可想而知。

從下一頁開始，公布日本國憲法，簽署對日和平條約、日美安保條約，日蘇共同宣言，加盟聯合國，歷史漸漸演進。

再來是復興的歷史，東京奧運，高度經濟成長。接著時代從昭和變成平成。雪花讀到這邊也臉色發青起來，於是……

「妳還好嗎？」

對於我這句詢問——她雖然沒有回應，但微微點了一下頭。

然後，雪花闔上參考書——

「……」

保持著跪坐的姿勢，將雙手放到大腿上。彷彿在反芻歷史般，默默閉起眼睛。

雖然沒有失去理智的徵狀，不過她此刻究竟在想什麼……我無法知道。

我稍微監視著挺直背脊跪坐在地上動也不動的雪花一段時間後——

房間外「喀啦喀啦」地傳來爺爺回家開門的聲音。但是腳步聲很多，看來他似乎帶什麼人一起回來了。

（……？）

我雖然在意雪花的狀況，不過畢竟她一直都沒有動作……而且我已經沒收了她的武器。於是我拿著軍刀來到走廊，悄悄關上客房的紙門。

接著走到玄關一看，發現除了提著一袋酒瓶的爺爺之外——還有換上武偵高制服的不知火，從軍服換成一套西裝的蹣跚老人諸星先生，以及政治家早川真子環境副大臣。大家手上都提著包包或紙袋。

「爺爺，你回來啦。那三個人是——」

「哦哦，老子看到他們在咱們家附近的車子上監視這裡的狀況。畢竟當中也有認識的人物，所以老子就帶他們進到家裡來了。他們應該是知道姊姊狀況的人物吧。」

在如此說明的爺爺背後，可以看到家門外的馬路上停著兩臺轎車。

「中校閣下沒事吧？」

在不知火的攙扶下踏上走廊的諸星老人，對拿著軍刀的我如此詢問，於是……

「她在裡面。如你所見，我已經沒收她的武器了。雖然不知火要我別講，但由於她對現今日本的錯誤認知實在太嚴重，甚至到難以對話的程度……所以我剛剛拿日本史的參考書給她讀過了。」

聽到我這麼說，原本是藝人的早川真子副大臣便「沒、沒問題嗎？」地緊張問我。

「沒問題，她很鎮定。不過看起來還是多少有受到精神上的衝擊，所以我認為你們現在還是不要貿然去刺激她比較好——雖然我很想請你們回去，但是在回去之前，我希望你們可以把關於這件事情、你們所知道的部分告訴我們。我和爺爺應該都有權利知道吧？」

畢竟我方可說是有點被硬拖下水的受害者，於是我用高壓的態度如此主張。結果……

「當然，我們會說明的。」

「少尉閣下也請同席吧。不過，這內容可能不太方便讓中校閣下聽到……」

早川副大臣點頭回應，諸星老人則似乎跟爺爺是舊交而用階級稱呼他。

「那就到老子的房間講吧。那裡離姊姊在的客房也比較遠。」

在爺爺帶路下，我們避開雪花在的客房走在走廊上……穿過廚房，安靜地來到角落房間——也就是爺爺的三坪房間。

接著在早川環境副大臣與諸星老人分別遞名片給我的時候，爺爺把放有賽馬報紙與賽馬週刊的雜誌架挪到一邊。

「抱歉，老子房間很窄。總之大家坐下吧。諸星，聽說你開車行賺了大錢是吧？當年負責幫老子維修機體的你，如今可真飛黃騰達啦。」

「我戰後忙於經營事業……少尉閣下！長年來都未向你問候，我謹在此致歉……！」

諸星老人一坐下就忽然對爺爺下跪磕頭了。呃！這人難道是諸星汽車公司的創辦人嗎？那可是東京證券第一部市場的上市企業喔？專門生產工程車或復古時尚車等等，是將汽車業界的縫隙產業一手包辦的生產公司啊。嗚哇！仔細看看名片上的頭銜也是寫董事長呢。下次我拿這張名片向武藤炫耀好了。

隨後，諸星老人、早川真子副大臣、不知火、爺爺和我，大家圍成一圈坐下……

「我稍微跟爺爺介紹一下，這傢伙叫不知火亮，是我在武偵高中時的同期。哎呀，我想姑且算是個沒問題的人物吧。然後……你剛才見到雪花時說的『軍方實驗』是什麼？」

我首先──對爺爺問起過去雪花消失的原因後……

「事已至此，老子也會把自己知道的部分盡量說出來。但老子在講的時候會把前提的部分省略掉，金次你自己去察覺那部分的內容。首先……姊姊她的言行舉止很像個男的對吧？」

「是啊，雪花也說過自己是個男的。但我已經確認過她並不是了。」

聽到我這麼說，早川真子副大臣頓時睜大眼睛，臉頰泛紅。啊啊受不了，不是妳想的那樣啦……呃不，或許也不能說不是那樣就是了……

「戰爭時期的日本一直陷於兵力不足的狀況。因此像遠山家這樣的武門出生的女性有時候也會被當成男性，強迫參與軍務。說到底，日本從戰前就是個軍事國家，因此雪花打從出生後就一直被當成男性養育。**為了不要變弱**。」

爺爺特別強調最後一句，讓我頓時明白了——

那肯定是關於返對——爆發模式的特殊手法。

（原來……還有那種做法啊……！）

——遠山一族具備的特殊體質「情緒爆發學者症候群」會讓男性變強，讓女性變弱。這點去年金女就親身驗證過了。

然而，如果是「認為自己是男性的女性」又會怎麼樣？

（……就會、變強啊……！）

雪花能夠施展非爆發模式下無法使用的攻擊奧義——秋花，就是最好的證明。

遠山家當年事先就預料到雪花會被國家徵召為軍人，因此從小把她當成男性養育。換言之，雪花果然是為了戰爭——而**被培養成**類似性別認同障礙狀態的。

「……即便如此，中校閣下還是沒有被下令出征到前線。」

諸星老人接著爺爺後面對我如此說道。

「她進入軍令部，成為上級通信軍官，隨遣德軍事視察團前往德國後，回到內地擔任了參謀輔佐與軍紀查閱等職。畢竟中校閣下擁有那等美貌，士兵們光是見到她的尊容便會士氣大振。因此軍方高層似乎下令要她不斷巡迴於海軍各部會的樣子。」

啊～……原來如此……雖然順利將遠山家的超人徵召為軍人，但海軍對於雪花的待遇也感到有點傷腦筋是吧。因為她怎麼看都是個女的嘛。

於是海軍高層決定乾脆給她異常高的階級與資歷，讓她成為類似大家憧憬的偶像之類的角色了。畢竟如果有個美女顧問或監察官來視察，男人們就會裝模作樣表現得比平常勤奮。由於會牽扯到性別角色的問題，所以大家都不會明講，不過這是現今的日本大企業也會使用的一種提升工作效率的手法。

「我從那場戰爭開始之後，由於時勢所趨，很快便受令晉升到了預備軍官。結果從基層打拚上來的維修兵們都罵我是階級小偷，讓我遭受甚至險些喪命的凌虐行為。然而有一天奉命前來傳令的中校閣下嚴格訓斥了那群人。從那之後，我在隊上便受到符合階級地位應有的待遇了。中校閣下乃是我的救命恩人啊……」

諸星老人說到這邊時眼眶泛淚，從眼神中可以看出他對雪花由衷的敬意。

「除了我以外，海軍內也有很多被中校閣下拯救過性命的人。中校閣下雖然為人嚴厲，但實際上也是個懂得關照底下人員的人。我的講話方式之所以是陸軍式，就是因為中校閣下是那樣而我忍不住模仿她的。」

雪花她……在人格上也是典型的遠山家成員啊。從初代・遠山金四郎以來的代代遠山家都對於立場比自己弱的人心腸很好，甚至可以說到了好過頭的地步。雖然我是個例外就是了。

爺爺用火柴點燃罐裝的 Peace 香菸後……

「……後來姊姊接到軍令，要她參加一場『實驗』。據說那實驗需要的人才必須是通信軍官，繼承神職的血脈，又要是擁有女性肉體的軍人……即便海軍規模再怎麼大，符合這種條件的也只有姊姊一個人。於是姊姊為了參加實驗而前往橫須賀，接著就不知下落了。」

「神職的血脈……因為我們家跟星伽神社也有血緣關係嗎？那究竟是什麼樣的實驗？」

「特祕──那是軍中機密。戰後老子也有調查過，但最後只知道那實驗是屬於一個名叫『玲一號作戰』的作戰計畫之中的一部分而已。」

爺爺如此說明後，房間裡安靜了片刻──

「所謂的玲一號作戰──似乎是派遣通信軍官到一個稱為『玲』的場所，將從那裡獲得的知識轉用到軍事用途的作戰計畫。但由於現在已經沒有存活下來的相關人員，因此難以確定這樣的謠言是否屬實，也不知道究竟是打算把什麼樣的知識利用在什麼目的就是了。唯一知道的人，只有雪花小姐而已。」

聽到不知火這麼說，爺爺與諸星老人都似乎不曉得這件事而抬起頭來。

接著，早川真子副大臣則是……

「政府對於玲一號作戰的目的也只有掌握到謠言程度而已。像是『為了採取核能物質製造原子彈』或是『為了學得詛咒殺害麥克阿瑟元帥或杜魯門總統的法術』等等。而且也沒有認真進行過調查的跡象……就連我自己本身也是，在實際見到恩蒂米菈小姐與雪花小姐之前……對不起，我一直認為關於這件事的內容全都是不值得相信的傳言……」

她似乎對於自己無法提供什麼重要情報感到丟臉而沮喪垂頭。

我根據大家的發言進行猜想——首先，所謂的「玲」應該就是指恩蒂米菈過去所在的「那邊」。舊日本軍知道那個場所的存在，並且用「玲」稱呼它。雪花和我初次相遇的時候，也說過自己的所屬部隊是「玲方面特別根據地隊」。不過從爺爺說的話聽起來，那個部隊應該實質上只有雪花一個人而已。

根據恩蒂米菈的證詞，基本上玲只有女性。軍方大概也知道這件事情吧。要是派遣男性到那邊，搞不好會被視為異端而遭到殺害。因此軍方才會把姑且不論心靈上的性別如何，至少擁有女性肉體的雪花派遣過去的。

軍方當時想要藉由神祕學的方法，從玲獲得能夠使戰局變得有利的「某種東西」。既然會選上身為通信軍官的同時又繼承星伽巫女之血的雪花，代表那目標物應該是一種情報，而且跟超能力有關。如果從早川副大臣聽說的謠言來講，比起前者，後者或許比較接近正確答案。

……只是……

「不管怎麼說，雪花嚴重遲到啦。戰爭都已經結束六十五年了。」

「嗯……不管姊姊是帶回了什麼東西，想必都已經沒有機會派上用場吧。」

畢竟這姑且算是自家人的錯，於是我和爺爺都露出表示歉意的表情後……副大臣也露出了感到抱歉的表情。

「不，說到底──舊日本軍雖然將雪花小姐送往玲，但據說後來參與玲一號作戰的軍人們遭遇空襲身亡，又因為物資短缺而無法湊齊必要的資材，才導致最後沒能讓雪花小姐歸來的樣子。戰爭結束時，軍方的機密文件都遭到燒毀，讓玲一號作戰的內容也被祕密處分掉。從那之後，雪花小姐就像是被國家捨棄了一樣。」

「這次──是由於猿田武檢補提交給政府關係人的報告中，讓我們知道了可能來自『玲』的恩蒂米菈小姐。接著根據恩蒂米菈小姐本身與宮內廳顧問伏見小姐的見解，明白了有可能讓過去被派遣到『玲』的雪花小姐得以歸來的事情。雖然那麼做需要高額的預算，不過諸星董事長幫忙準備了經費。」

早川副大臣與不知火接連的說明……讓我總算理解了大致上的內情。

相關人物之間的關係圖，也就是偵探科所說「人與人之間的線」，也大致在我腦中連接起來了。

由於恩蒂米菈跟我有關係，所以這件事從政府方面傳到了不知火那邊。然後不知火把能夠和我聯手的亞莉亞她們叫來，為了萬一雪花失控時做準備。

咦？可是……這件事情中的重要人物之間，有一部分的關係沒有或然性。

也就是恩蒂米菈・我・雪花，這三個人之間連不起來。

我和恩蒂米菈的相遇是出於偶然。然後將那個恩蒂米菈送走後，與她交換回來的是雪花。那個雪花又偶然是我的血親。這點讓我感到難以釋懷，或者說有點不舒服啊。

（這狀況……）

就跟被尼莫盯上的貝瑞塔與我相遇，以及同樣被茉斬盯上的寶城院良司與我相遇，那兩件事情很像。

在那兩件事情之中，都是偶然與我相遇的人物也偶然是N盯上的目標，感覺相當奇怪。但這次的順序卻相反。是隸屬N的恩蒂米菈成為起點，讓我和雪花的相遇偶然發生。這究竟是怎麼回事？

不過，這是之前貝瑞塔以及寶城院的時候，靠爆發模式的腦袋也無法解開的謎。如今感覺變得更加複雜的那個問題，就算靠我平常狀態的腦袋去想，肯定也只會白費力氣吧。

「……然後呢？接下來要怎麼做？如今已經沒有日本軍，也沒有戰爭對象……只要讓雪花能明白這點，她就只是個單純的古代人而已了。我想應該不會有害吧。」

聽到我這麼說，副大臣與不知火的見解似乎也跟我一樣——

「站在政府的立場，對於歸國的雪花小姐會基於人道考量全面提供協助。既然已經歸國，我們希望她能再次成為一名日本國民活下去。根據關於未歸國者的特別措施法，當認定為未歸國兵的人物後來被發現時，就會撤銷戰時的死亡宣告……換句話說，雪花小姐的國籍以及身為日本國民的所有權利都會恢復。這部分厚生勞動省正在進行手續。雖然在戶籍上，她會變成八十七歲就是了。」

「對雪花小姐來說，這裡就像個不同的世界，在她習慣之前想必會感到很混亂。因此需要一名監視人員，講得好聽一點就是輔佐人員跟在她身邊。」

他們怎麼用一副好像早已事先講好似的態度講起了這樣的話。

「監視人員是誰啦？」

我有種不好的預感而如此詢問不知火後──

「就是你。」

不好的預感成真了！

「為什麼是我啦！」

「因為你不是很擅長應對女性嗎？順道一提，關於她生活上必要的東西，我們已經撥經費準備好了。」

「嗯？那是什麼樣的東西？生活上首先需要的就是生活費啊──」

雖然總覺得有種被不知火的花言巧語欺騙上當的感覺，但總是缺金的金次在關係到金錢方面的事情上還是希望能確認清楚。結果……

「這是中校閣下的帳戶。然後這是行動電話，通話費終生都由諸星汽車公司代為支付。另外──這是身分證明文件以及道具，請收下。」

諸星老人露出活像個供奉禮物給偶像的粉絲似的表情，從包包中掏出了一堆東西。

首先，以遠山雪花的名義開設的存款帳戶……嗯，裡面至少有大概足夠當飯錢的金額。更重要的是手機，居然是最新的 iPhone 4。真羨慕。

不過，身分證明文件——竟然是帶槍許可證。而且所謂的「道具」，是舊日本軍愛用的、形狀像迷你水壺一樣有點可愛的22ｍｍ南部彈。也太恐怖了吧。

「哦？帶槍許可啊。而且真虧你有辦法準備這種子彈過來。」

「會不會太危險了……？」

爺爺和我分別如此表示後……

「舊軍人相較上很容易獲得帶槍許可，再加上早川老師的協助，讓我很快就準備好了。另外剛剛在海底研究所的時候，我看中校閣下似乎已經用完了自己的子彈……而我有經營一間戰史資料館，於是就將過去收藏的子彈仿製品帶來了。」

「不管怎麼說，我想雪花小姐應該暫時都還會想要攜帶武裝喔。所以我認為這樣總比讓她又搶走你的槍，或是去買了什麼更強力的槍械要來得好吧。」

諸星董事長與不知火如此回答我們後，接著又換成早川副大臣……

「這是我們根據當時的照片，配合雪花小姐的體型訂做的。」

她說著，拿出裝有換穿用白色軍服的紙袋。另外還有大概是裝內衣褲的紙袋。

「拜託你們準備普通的衣服行不行……」

既然都已經準備也沒辦法，於是我無奈收下的同時不禁如此抱怨。結果……

「中校閣下對於軍裝是抱有自豪的！她是個對於服裝儀容非常嚴格的人物——」

「就算是我們覺得很普通的衣服，對她來說應該還是會覺得現代女性的服裝很奇形怪狀吧。要是品味不合，她恐怕很快就變得不想穿了。」

眼神就像個麻煩的粉絲般主張「中校閣下就是要穿軍服才行！」的諸星董事長……以及從女性觀點說明的早川副大臣，讓我在這點上也不得不妥協了。

接著……

「總之現在為了不要刺激雪花小姐，我們就回去了。如果有遇到什麼問題再聯絡。我們會適時提供必要的協助。那麼遠山先生，不好意思打擾你到這麼晚了。」

不知火用一副「趁遠山同學提出什麼刁難要求之前快閃吧……」似的表情從榻榻米上起身，對爺爺一鞠躬後——和諸星董事長與早川副大臣開始準備打道回府。

總覺得有種連哄帶騙被指定負責雪花問題的感覺……

但畢竟她是自家人，這也沒辦法吧。

於是，我也跟爺爺一起送那三個人到玄關。

走出家門後——原本腳步蹣跚的諸星董事長忽然「唰！」地轉身。

接著挺直背脊，朝遠山家中行了一個標準的海軍式敬禮。明明雪花又看不到地說。

不管年紀變得再怎麼老，軍中的上下關係會永遠存在的意思嗎？

哎呀，雖然那位中校閣下並沒有變老就是了啦。真讓人傷腦筋。

送那三人離開之後，我想說不知雪花狀況如何，拉開客房的門——

——不見了。

雖然我一瞬間不寒而慄，但看來應該沒問題。通往屋外的紙門敞開，可以感受到有人在屋頂上的氣息。畢竟遠山家到處都有可以輕鬆爬上屋頂的地方。或許她只是想吹吹風吧。

於是我抓住屋簷雨水溝，把腳踏在排水管的固定環，爬上屋頂後……便看到雪花蹲坐在屋頂瓦片上的背影了。

低空的月亮照耀著她帶有光澤的黑髮，秋季的夜風讓白色的紙緞帶有如拍動的翅膀般搖曳……

「……金次嗎？」

雪花沒有轉回頭，但還是用知道來的人就是我的聲音如此說道。

聲音中帶有些許鼻音。看來她剛剛哭了一場。

之所以沒有轉回頭，大概是不想讓我看到她的淚水吧。既然如此，我也不刻意繞到她面前……而是在她旁邊盤腿坐下。

雪花重新把帽子深深戴到遮住眼部，堅持不讓我看到她的眼睛。

然而……她還是發出了擤鼻子的聲音。果然在哭啊。

「日本戰敗……讓妳那麼不甘心嗎？」

我如此詢問後……

「——不是。」

雪花抬起頭，望向池袋高樓群之中特別突出的太陽城60。大概是偷偷擦拭過眼角，而露出凜然的表情。

「其實大家隱隱約約都知道，大東亞戰爭的勝利是難以實現的。士兵們很清楚可用的彈藥、汽油，更重要的是自軍的人數都日漸減少。國民們也都能切身感受到物資短缺。大本營雖然表面上不斷公布連戰皆捷的消息，但背地裡其實也在為戰爭結束時進行準備。」

當時的人們……也有領悟到即將戰敗的事情啊。那麼雪花說的「不是」應該也並非逞強，而是真的不是因為不甘心而在哭的吧。

「既然這樣，妳為什麼會哭？」

我如此詢問後，雪花說道：

「本人是喜極而泣。」

「喜極而泣……？」

「那照片中的一片焦土荒原，居然能夠在短短六十五年間蓋起那樣的摩天大廈——本人是對日本人不屈不撓的精神大為感動，忍不住落淚的……」

雪花眺望著東京有如一片光海的夜景，側臉已經看不出剛才在本妙寺表現的動搖心情。

不過她感覺似乎還是非常疲憊的樣子，也好像有點喘不過氣——正當我這麼想的時候……

「……果然、大日本帝國、乃世界上、最出色的……」

彷彿累得閉上眼睛的雪花……忽然身體傾斜。

抱著雙腿倒下了。

「……雪花！」

我慌慌張張抱起倒在屋頂瓦片上的雪花——立刻發現一件事。

好燙。

難道是因為一口氣知道太多事情，讓她用腦過度而發燒了嗎？不，就算是那樣也太燙了。

「——爺爺！快過來！屋頂上！」

我朝家裡大叫，並拖著雪花移動。和爺爺協力把她彷彿會燙傷人的身體搬下來到檐廊，再趕緊移動至客房中。奶奶也跑來幫忙鋪被子，準備體溫計與冰枕等等，全家總動員為雪花看病——

結果一量體溫……四、四十度。是會危及性命的程度啊。

而且她這個恐怕不是普通的疾病，病情變化得太急促了。就算叫醫生來，一般的醫生可能也束手無策。對了，不知火——

於是我打電話給剛剛才離開的不知火，告知現在的狀況。接著幫雪花脫掉軍帽，擦拭她額頭的汗水，並且不斷出聲激勵她。

然而雪花始終沒有意識——只能「吁、吁」地勉強延續難受的呼吸聲。

到底是怎麼回事？妳振作點啊，雪花……！

打電話聯絡不知火之後大約過了二十分鐘，白雪、伏見與玉藻三個人搭乘一輛黑色的租用車來到遠山家。從她們一致穿著巫女服裝的樣子看來，她們原本應該正在商量超能力相關的事情吧。而且恐怕是跟雪花有關係。

向爺爺和奶奶匆忙鞠躬問好的白雪踏入玄關，跟著連一聲招呼都沒打就奔進屋內的玉藻與伏見一起進入了客房。

接著，她們見到躺在被子裡上氣不接下氣的雪花……

「玉藻大人，這……果然是、殺刻嗎……」

「看來是那樣沒錯。這是最常見的症狀，跟流感很像。」

根據她們的診斷，雪花這現象果然是由於超自然方面的因素。

看來我這次難得判斷正確了。要是剛才決定叫救護車送到附近的夜間醫院，搞不好反而會讓狀況變得更危急啊。

伏見說了一句「大家退到深處的房間去吭。不要打擾妾身們為雪花驅邪。」後——爺爺就被信仰虔誠的奶奶拖著離開了房間。但我對這個怎麼看都只像特種行業的大姊角色扮演成狐狸巫女的伏見無法信任到那種程度，而決定留在房間中。

「妳們真的有辦法治療嗎？我看妳們連什麼藥都沒帶啊。」

「只要祈禱便行。關鍵在於抱著『吾必抵抗』的強韌意志進行祈禱吭。如此一來就能轉變運勢吭。」

讓人感到煩躁的語尾詞先姑且不談，但伏見很篤定地如此點頭回答。而我對於什麼祈禱之類的可疑發言雖然半信半疑，不過她那樣的態度還是讓我多少感到可靠。接著……

「遠山家的，聽說雪花剛才遭遇車禍是吧？吭。」

「這件事和那件事在根本上是屬於同樣的現象。」

玉藻和伏見又講出這樣更加讓人聽不懂的發言。她們即使同樣都是長了狐狸耳朵的女人，但伏見是濃妝豔抹的成人尺寸，玉藻則是沒化妝的小孩尺寸，因此感覺就像一對母女接連對我講話一樣。

「為什麼啦？車禍意外跟發高燒之間有什麼關係？」

我不禁皺起眉頭後，將緋袴左右展開、跪坐在雪花枕頭邊的白雪就——

「因為雪花小姐是嚴重無視於時間的連續性，從不屬於這個世界的地方來到這裡的。畢竟小金不是這方面的專家，所以用比喻來說明的話——這個世界就像一個生物。如果有異物進入體內，便會想把那個異物排除掉。就跟人體會靠免疫力排除進入體內的病毒一樣。具體來說，就是運氣會變得非常差。如果以專門用語來講，這是被稱為存在劣化症候群的狀態。」

對我說明了這種確實不屬於我的專門領域，而且是這個世界不為人知的機制。

「但是不用擔心。就像人體即使發炎也遲早會消下去一樣，這現象並不會持續太久。根據傳承的內容，大約是半天的時間。而對於這段期間，日本的寺廟神社關係人之間稱為殺刻，歐美的魔女們則是稱為 lethal hour（必殺的時刻）。只要能撐過這段期間，接下來就能正常生活了。」

半天……也就是說，今晚是關鍵了。

然而這聽起來感覺是跟運氣好壞有關的事情。那麼既然身為那方面專家的巫女們已經來進行治療，這裡或許已經沒有我能做的事情了吧。

「那麼，就來賦予祈禱。如此一來發燒應該就會退下了。」

「在這期間，妾身們將會變化姿態吭。但妾身們不太喜歡讓人見到那姿態，因此星伽家的，妳退到檐廊去吭。遠山家的，你在這裡單純只會礙事，所以你也出去吭。首先，從裸形（ragyou）開始吭。」

ら行（ragyou）……？らりるれろ（ra ri ru re ro）怎麼了？正當我如此疑惑的時候ra re、ri ru、ro ri re ro ri！像個小學女生的玉藻，與像個特種行業大姊的伏見，竟「唰啦啦」地解開緋袴的腰帶，開始脫起巫女服了……！

「呃、喂、妳們在嗚喔！」

我還來不及接著說「做什麼」之前，玉藻跟伏見就把上半身的白衣也左右掀開——讓胸部大見光……！活像一對母女的狐狸巫女上演起如此特殊的脫衣秀，這根本不是雪花而是我的殺刻嘛！

從脫到一半的巫女服底下露出大紅色胸罩的大人伏見固然危險，但幼女身材且奉行不穿內衣主義的玉藻同樣很危險。雖然她們現在都側對著我，但要是她們把身體轉過來，就真的是lethal hour（必殺的時刻）了。我是個無論女性對象是偏高或偏低的壞球都照樣能擊出爆發模式安打、擁有無限潛力的安打製造機。雖然假設在這個狀況下我進入了爆發模式，我想自己應該還有自制心不會去妨礙玉藻跟伏見治療雪花，但被她們下令退到檐廊等待而沒事做的白雪就危險了。然後白雪的危險同時就代表什麼生米煮成熟飯讓我也危險的意思。總之就是很危險！

「白雪我們出去！」

「呀！」

我抓起白雪左右兩邊柔軟的上臂，把她當成肉盾遮住自己視線並退到檐廊。

話說，爺爺剛剛被她們下令退出房間的時候，我也乖乖跟著離開客房就好啦。

——神明講的話果然應該要聽進去才對啊。

明明說什麼不想被人看到，但紙門上還是可以清楚看到兩隻巨大的狐狸圍著雪花不斷繞圈的影子。那景象感覺超恐怖的。如果那樣真的可以讓雪花退燒就好啦……

「原來是為了那個變身而脫衣服啊。」

「畢竟衣服會被扯破嘛。」

我和白雪並肩坐在月光照耀下的檐廊，暫時鬆了一口氣。

「關於雪花小姐的事情你不用擔心。據說玉藻大人跟伏見大人從很古早以前就有過好幾次為殺刻驅邪的經驗，而且每個對象都有治好的樣子。」

「如果現在只有她們，我倒是很懷疑。不過既然白雪也掛保證，應該就沒問題吧。話說回來……我打電話給不知火之後，妳們倒是沒多久就趕來了啊。」

「嗯，因為我們那時候不是在台場，而是在日枝神社境內的山王稻荷神社。玉藻大人接到電話之後，很快就向宮內廳借車趕來了。」

山王。那就跟雪花原本應該前往進行會談的霞關近在咫尺。畢竟考慮到殺刻的問題，白雪她們大概原本就預定會前往山王吧。然後那地方距離雪花後來移動到的巢鴨也不遠，所以她們後來就留在那邊待命了。

在這次雪花歸來的計畫中，相關人員的配置相當巧妙，聯繫工作和流程安排上也很周密。

然而卻看不出統籌整體行動的負責人是誰。不過也因此反而很容易猜到——

「這一切的事情，都要多虧**日本政府**的熱誠援助是吧。雖然連環境省的副大臣都跑出來讓人感到莫名其妙……不過包括地檢、宮內廳、防衛省、厚生勞動省，在雪花歸來的這件事情上，政府的援助莫名熱誠啊。甚至到**熱誠過度**的地步。」

雖然早川副大臣說是什麼「基於人道考量」，但政府真的會為了人道考量提供這麼多協助嗎？

不愧是青梅竹馬的白雪，似乎多少看出了我心中這樣的疑惑……

於是她眼角下垂的大眼睛稍微露出傷腦筋的神色。

「小金……你之前在平賀同學家有表示過比較接近於『門』的想法對吧。」

——「門」？「泛種之門」的事情啊。

那是一種隱語，代表對於N企圖引發的第三次接軌——也就是讓恩蒂米菈她們的故鄉——玲地區的超自然女性們移民到這個世界來的事情，抱持容許態度的思想形態。

「可是現在日本政府的方針正漸漸傾向『砦』。似乎是因為日本一直以來保持含糊的態度，結果遭到美國施壓了。」

美國政府是採取排斥異能民族移民的「泛種之砦」政策——結果在這件事情上，日本也做出了追隨美國的決定了是吧。

「即便如此，關於雪花小姐的事情，政府似乎還是判斷可以讓她從那邊的世界過來的樣子。畢竟雪花小姐本來就是這邊的人嘛。只不過因為有美國在看，所以日本政府也不想繼續扯上更多關係的樣子。這部分的事情是風雪幫忙調查得知的。」

政府之所以會想幫忙告訴雪花關於歷史的事情，並恢復她的戶籍……是為了幫她打好成為現代日本國民的基礎，以便對於接下來的事情裝作事不關己是吧。

哎呀，畢竟也要考慮到外交方面的問題，日本政府那樣的對應我也不是不能理解啦。

只是……

「我……對於所謂的『砦派』，其實看不太順眼啊……」

由於現在講話的對象是白雪，所以我也坦白了我的真心話。

現在世界上，拒絕那些超自然女性的「砦派」行動越來越強勢。一方面就像GIII一樣，因為不想承擔與新來的魔女或妖怪女敵對的風險。或是像貝茨姊妹一樣，害怕會損及自身的既得利益。以我周圍來說，將門派的激進派N視為仇敵的亞莉亞──立場上也算是砦派。而玉藻和伏見也是砦派，因此星伽家今後傾向砦派的可能性也很大。剛才白雪露出傷腦筋的表情，大概就是這樣的意義吧。

目前就我所知──所謂的「門派」只有N和我而已。

如果世界上的超能力者增加，人類文明或許可以獲得比現在更加進步的機會。光從我至今看過的超能力來想，應該就蘊藏有促進醫學、宇宙開發、電力能量以及其他各種領域上飛躍性成長的潛力。

不過我之所以傾向門派，並不只是基於那種社會巨大利益之類的理由。

甚至應該說，我真正的理由是更貼近於自身周圍的生活。我總覺得砦派──乍看之下是安全的保持現狀，但實際上卻帶有可能導致某種毀滅性負面影響的危險性。

然而那終究只是我「覺得」而已，沒辦法清楚化為言語。這點上倒是讓人很焦躁就是了。

2彈　於澀谷

過了午夜十二點後——白雪她們留下已經徹底退燒的雪花，打道回府了。

但我還是感到有點擔心，於是繼續在客房為熟睡中的雪花看病。不過雖然說是看病，也只是坐在旁邊看著她而已就是了。

（……門……女人……）

坐在地板上想東想西的我，不知不覺間睡著……結果夢到尼莫說「我帶朋友來囉。」並帶著好幾名魔女以及貓耳女、史萊姆女、蛇女等等，大舉住進我家的惡夢。這就是泛種之門打開後的未來世界嗎……！雖然我覺得跟現在好像沒什麼差別啦……！

這時突然從我左耳邊……

「——全體起床！！！」

有個響亮的聲音如此大叫，害我嚇得全身彈起來。甚至應該說是反射性地滾向右邊去啦。

接著我抬起頭——看到雪花四肢爬在地板上對我笑著，露出齒型莫名整齊的潔白皓齒。軍服底下推測有E罩杯90的雙峰也隨重力往下垂著。

「你起床得太晚了。一分鐘收拾棉被，三分鐘漱洗完畢，接著是海軍體操。起立！立正！一、左手放肩！二、左手高舉！」

什麼「太晚」，現在才早上六點啊……

隨著手臂擺動，雪花的雙峰也跟著晃動，讓人不知視線該往哪裡擺才好，不過她看起來很健康的樣子。這點上算是好事一件，要好好感謝玉藻她們才行。

在檐廊的早晨陽光中被迫跟著做了一套莫名其妙的體操之後，我想起昨晚不知火他們有拿來很多東西，於是到爺爺房間把那些紙袋拿了過來。

走回客房的走廊上，我試著打開 iPhone 的電源……

（真好～這可是由於太過暢銷而到處缺貨的高級品的說……）

實在很羨慕的我忍不住稍微把玩了一下，結果啟動了照相機功能，卻又因為不熟悉操作而不知該怎麼恢復原狀。這個取消鍵在哪裡啊……？算了，也罷。

「喂，雪花，雖然我覺得給妳用根本是暴殄天物——」

我「喀啦」地拉開客房的拉門後……

（……嗚……！）

把紙緞帶含在嘴上，正在重綁黑色長髮的雪花——

「？」露出一臉疑惑的表情，轉頭看向我。身上只穿著那套荊棘花紋的白色蕾絲內衣褲……！

白色的第二種軍裝被整整齊齊地摺好放在地上。原本被那套軍裝緊緊束縛的女體曲線——完全被解放了。

雪花的雙峰不只大，而且呈現理想的吊鐘型。上半部大膽裁切的半罩杯內衣強烈綴飾她白皙耀眼的乳房肌膚。跟下半身的超細T字褲一樣，感覺是雙手靈巧到超越常人程度的紡織工匠親手編織出來的蕾絲布料。而且簡直像是用蜘蛛絲編織的一樣厚度超薄，感覺隨時都會被那兩團嫩肉的重量給撐破。

昨晚我不小心脫掉她褲子時被她又踩又踹的恐怖記憶頓時閃過腦海，使我變得像隻快要被卡車撞上的小鹿般全身僵住——讓拿在手上的iPhone與紙袋都掉到了地上。

結果白色的海軍服從紙袋中滑了出來……而看到那東西的雪花竟然……

「原來你去幫本人拿換穿衣物過來呀。來得正好。海軍士官的服裝就是應該常保清潔與smart才行。雖然就季節來講，第一種軍裝會比較好，但也不能計較太多呀。」

如此說著，用她那雙緊致的美腿抬頭挺胸地走過來了……！讓散發出白瓷光澤的胸部和屁股都跟著晃呀晃的……！

原、原來如此，因為雪花認為自己是個男的，所以只要不是被強硬脫掉衣服或亂摸，就算被人看到自己的身體她也不會覺得討厭或害羞啊……！

「這邊的小袋子是貼身衣物啊。哦哦，這種形狀很好。畢竟本人乳房不小。雖然昭和初期在日本並不常見，不過在德國和玲方面都有像這種撐住胸部的東西，相當方便。原來現在日本也有這東西了。嗯嗯，雖然感覺有點厚的樣子……」

雪花說著，從撿起來的紙袋中拿出副大臣給的華歌爾白色內衣露出笑容。

「本人想清洗脫下來的衣服，但是看不到清洗桶啊。在哪兒？」

「清洗……桶……是、什麼……？如、如果要洗衣服……洗衣機、在浴室的方向……！」

面對畏怯害怕的我，雪花回了一句「哦，原來有電力洗衣機啊！現在的遠山家還真奢侈。那麼等一下本人就去用看看。」並彷彿要把半裸的身體全部秀給我看到似地轉回身子。

隨著那個動作，雪花黑色的長髮朝我搧起一陣風……結果一股桃子類的……明顯不是香水，而是雪花本身的甘甜女性香氣撲鼻而來。和白雪有點類似，是我的本能上相當熟悉，也就是超級好聞的香味──

「……嗚……！」

頓時慌張起來的我趕緊往後退，卻莫名其妙用右腳撞到左腳，結果朝我自身反彈回來──噗唰……！

「──呀！」

把、把、把雪花、撲倒了！

而且是強硬撲倒，甚至讓她都發出了像女孩子的叫聲！

明明看起來很緊實，但實際摸起來卻有如棉花糖般讓手指都會舒服地陷入其中的雪花身體──百分之百、完全、是女性身體。

可是雪花在我下面改變體位，「磅！」一聲用柔道巴投把我摔出去後……

「你這傢伙！又來了——你對身為男兒的本人做什麼事！因為本人的肉體是女性，你就發情了嗎！不要忘了！本人是男的！是光榮的日本男兒啊！」

她對我一下左邊一下右邊地使出足球踢與摔角踩的豪雨冰雹。我就說妳那樣的肉體要主張是男的也太勉強了啦！還有拜託妳不要橫跨在我臉上踩我！妳也想想看必須從正下方看著內衣打扮大姊的我是什麼樣的心情啊！

後來爺爺和奶奶也起床——到了早上七點。

我們四個人圍著矮桌，進入早餐時間。

「哦哦，今天明明不是過年，卻有魚有蛋甚至有牛奶，而且飯還不是混合飯而是整碗白飯。唔，美味！這是什麼米？是什麼品種？」

身穿軍服挺直身體跪坐的雪花，光是吃個早餐就表現得開心無比。

「呃，就只是普通的越光米啊……」

「越光米是戰後才有的品種。當時雞蛋和牛奶也只有偶爾加在航空隊特餐裡而已。」

滿臉瘀青像隻貓熊的我愣了一下後，爺爺就身為從前時代的活證人如此告訴我。奶奶也跟著說了一句「那個時代生活很辛苦呀。」並露出苦笑。

「……對了，奶奶。禮拜五要準備咖哩喔。畢竟海軍為了不要讓士兵喪失週數規律，所以每週五都會吃咖哩。」

只有平成時代出生的我像個什麼都不知道的蠢蛋而感覺很丟臉，於是我為了挽回名譽，稍微賣弄了一下這個知識。結果——

「咖哩是週六吃啊。」

「是從海上自衛隊才改成禮拜五的。」

雪花和爺爺如此說道，讓我又丟人現眼了。

吃完早餐後……我來到廚房，從冰箱拿出一罐可樂。

「現在居然連這個都是用電力，而不是用冰塊冰啊。嗯？這箱型的裝置是什麼？」

對於跟著我一起進到廚房的雪花來說，冰箱與微波爐似乎都是未來道具，而深感興趣的樣子。

「那叫微波爐，是用來加熱食物的東西。雪花，妳知道可樂嗎？」

「渴了？你發音很奇怪喔。」

「我知道妳不曉得了。那我分一些給妳喝吧。連這都不曉得可是會被取笑啊。」

於是我把罐裝可樂倒進一個塑膠杯。結果……

「這容器是用什麼做的？賽璐珞嗎？讓本人瞧瞧……嗚？這是什麼……啊！本人想起來了。這泡沫，是汽水對吧？但是這顏色看起來已經壞了。本人不要。」

看來雪花別說是可樂了，連塑膠都不曉得的樣子。這也太糟了吧。

就這方面來講……即使同樣是來自玲的人，有在N學過世間基礎知識的恩蒂米菈還比雪花好多了。而且即使**文化**可以表面上迎合，但**文明**就沒辦法了。畢竟要是不曉得文明，就完全跟不上狀況啊。

想必雪花比起恩蒂米菈，在適應現代日本生活的難度與必要性都比較高吧。

「很好，這裡有酒。是鐵去基地販賣部暗扒來的嗎？呵呵！」

雪花打開冰箱並笑著呢喃起奇怪的海軍用語，而我則是嘆著氣直接從罐子喝著可樂……

「話說妳現在幾歲啊？雖然副大臣說是八十七歲，但妳這外表不可能通用吧。」

問女性年齡似乎是一種禁忌，不過反正雪花自稱是男的，於是我如此詢問後。

「本人乃大正十二年出生的十九歲。十八歲出征前往玲方面，在那裡度過了一年。」

我聽到她抬起頭這麼回答，忍不住「噗！」地把可樂噴出來了。我想說她在軍中有資歷，看起來又成熟，本來還以為應該比我大很多的。沒想到才大一歲而已嘛……

「看，果然那汽水已經壞了吧。你也別喝了。」

「……我才要叫妳別喝酒喔？現在的日本未成年飲酒可是違法的。」

「那就晚上偷偷喝吧。雖然你精神上感覺相當年幼，不過身體看起來應該跟本人大致同期。因此要本人分你喝一些也可以喔。」

雪花說著這樣跟我完全相反的感想，並搖著用紙緞帶綁成一束的頭髮，愉快離開廚房。

要是她就這樣跑出家門可糟了。於是這次換成我跟在她後面……太好了，她只是回到客廳而已。

「話說，現代的鏡子都這麼黑嗎？雖然姑且會映出自己的臉，但看不清楚啊。還有

這個小型的計量板又是什麼？看起來跟之前那個無線通信機很像又完全不一樣。你說明一下。」

她這次又看著液晶電視和遙控器講出這種話，於是……

「這是電視。然後這叫遙控器。」

我為了教育她而打開電視。結果──

「！」

她竟然驚訝得全身後退。

「雖然本人在德國也有看過……但原來日本也有電視映像機了嗎……！而且居然這麼薄，到底是怎麼做的！哦哦，不但是全彩，還是用日文播放啊！播放日是禮拜幾跟禮拜幾？播放時間是幾點？本人以後都要準時收看！」

「電視是每天幾乎二十四小時都有在播放啦。」

「嗚嗚，太感動了。現在的日本每天都能看到電影嗎？本人至今的人生中只看過兩次啊。」

雪花眼神閃亮亮地入迷盯著電視上重播的時代劇。

「用遙控器還能轉臺喔。而且是透過紅外線遠端操作。像這樣……」

「……嗚……！借、借本人用用看！」

看到畫面改變而瞪大眼睛的雪花，對遙控器上的按鈕胡亂按了起來。結果按到電源鍵，讓電視畫面「噗滋……」一聲消失了。

「喂！它壞了啊！本人難得可以看的說。敲一敲是不是就會好了？嘿！」

「不要用那種昭和時代的理論修理機器啊！這裡不是有寫『電源』嗎？還有這是轉臺——就是切換頻道。」

「原、原來如此。仔細瞧瞧這上面都有寫說明啊。看來本人一時太慌張了。」

雪花不愧是通信軍官，對於電視表現得非常感興趣。結果把她的美人臉蛋不斷湊近拿著遙控器的我，讓她頭髮超香的氣味飄來，害我驚慌失措——趕緊往後退下，與重新跪坐到電視機前的雪花拉開一點距離。

接著雪花依然繼續「哦哦！」「哦哦哦！」地一邊看著電視一邊大叫。

還真是天真純樸啊。

就這樣，我稍微觀察了她一段時間後……

「……金次啊，這些播放的內容也太奇怪了。」

雪花忽然背對著我如此說道。而且聲音聽起來還有點生氣的樣子。

「哪裡奇怪啦？」

「節目的內容盡是美食影像、商品宣傳或遊玩娛樂。雖然也有新聞報導，但主題卻是電影明星的戀愛關係。」

「電視節目本來就都是那樣啊。」

「——蠢貨！這種內容根本不是應該廣泛傳播給全國國民的情報！為何明明有這樣革新而有益的裝置，卻盡只會播放這些輕浮淺薄的影像！這也是！那也是！」

雪花額頭上冒著青筋，「喀恰、喀恰」地不斷轉臺——

「——呀！這這這、這時代難道連審查制度都沒有嗎！」

結果她看到以家庭主婦為收視對象的通俗劇中吻戲的橋段而慌張起來，趕緊雙手摀臉遮住自己的眼睛。搞什麼。她明明主張什麼自己是男的，動作卻根本像個少女。

不過畢竟我也不喜歡這種色色的節目，於是走過去撿起遙控器準備關掉電視……結果發現雪花其實還透過手指縫隙盯著畫面瞧。看得耳根通紅，額頭冒汗。明明自己剛才那樣批判電視內容，結果還不是想看嘛。這部分或許倒是很像個男生就是了。

總之在電視的這段事情，我知道了雪花對於通信方面有一定程度的理解素質……因此過了一段時間後，我把剛剛在客房掉到地上的手機交給了她。

「唔！這是之前看過的那個無線通信機。要給本人嗎？」

「畢竟這是一人至少要有一支的必備工具。現在就連小學生都在用了，所以妳最起碼也要學會通話喔？要是發生什麼事情的時候無法聯絡可是很傷腦筋的。每一支手機都各自有一組固定的號碼，只要按這裡就可以撥電話。」

「原來如此。關於呼叫操作本人理解了。但話說回來，這按鈕究竟是什麼構造？為何只是摸一下玻璃就等於按下按鈕了？關於電子迴路的知識，本人在軍中都大致上學過了……卻完全無法明白啊。」

「這我也不曉得，妳去問賈伯斯吧。現在更重要的，是關於妳的將來。」

我說著，在客廳的榻榻米上盤腿坐下。

於是用雙手左右夾著手機的雪花也把跪坐的方向重新面向我。

「這是我個人的想法啦。妳首先在家裡休息個一週左右，然後再出去找工作吧。我猜妳只要能夠具備現代日本的常識，應該就能找到工作了。在這部分我也會幫妳的忙。」

我如此提議後——

「本人感謝你的用心，但本人還有必須要做的事情。別說是一週後了，從今天、從此刻開始就要做。」

雪花搖搖頭，將放在一旁的軍帽重新戴到頭上。

……我有種不好的預感。

「什麼事情啦？」

「——就是完成軍令。」

從軍帽的帽簷下用銳利的眼神如此表示的雪花——即使在這種狀況下也依然堅持遵守戰爭時的命令嗎？忠誠心真強啊。

「拜託，我就說現在已經沒有軍隊啦。而且我聽政府的人說，玲一號作戰在當時軍方沒能趕在戰爭結束之前把妳叫回來就已經算失敗告終了。」

「本人承認作戰失敗。但本人接到的軍令內容也有包含假設作戰失敗，乃至萬一日本戰敗的狀況下必須執行的命令。」

「……什麼命令？」

「機密。」

語氣堅定地如此表示的雪花，露出自己不會再講更多的表情。

「……」

「……」

接著就陷入了和這位美女大眼瞪小眼的狀況，讓我感到無比尷尬。

不過最起碼有一點我必須確認才行——

「總不會是叫妳『自盡』吧？」

我想像到舊日本軍遭遇失敗時很可能會下達的命令，於是這麼詢問。

「畢竟你是自家人，本人就老實回答你吧。不是。但本人也不想被你用消去法猜中答案，所以接下來不會再多回答了。」

既然這樣……也罷。

反正照她這樣頑固的個性，不管我再講什麼她肯定也聽不進去吧。

雪花當時是抱著「將某種情報帶回軍中」的目的出征前往玲，然而就像我剛才講的，現在那個軍隊已經沒了。換言之，她沒有可以報告的對象，現在的日本也沒有在進行讓她帶回來的情報可以派上用場的戰爭。

也就是說，雪花接下來可能會採取的行動全部都已經於事無補，都只會徒勞無功。

她雖然思考上有點偏離常識，但那是由於時代不同的緣故，她本人的腦袋應該很聰明。因此她想必很快就會明白試圖完成軍令的行為——也就是自己的行動，不管做什麼都不會有人理睬她，只會白費力氣吧。

到時候再讓她慢慢適應這個時代就行了。反正她雖然是大正時代出生，但還很年輕啊。

「好，那就隨妳高興吧。」

「那麼本人要回到軍務上了，把刀還來。」

——給我來這招啊。雖然我也有猜到她會這麼說啦。

我總覺得把武器還給雪花是很危險的事情……但就像不知火說過的，總比她擅自跑去買突擊步槍或榴彈槍偷偷裝備要來得好。因此就故意給她落伍的武裝，讓她的武力限制在這個程度吧。

「只要妳發誓不會胡亂拔刀開槍，我就還給妳。」

「本人發誓。這裡是日本，本人不會對日本人舉刀舉槍的。」

「不管對哪國人都不行啦。然後這是妳的身分證件，還有錢。」

我把藏在櫃子裡的軍刀以及裝有22ｍｍ南部彈——雖然是仿製品但依然是實彈——的盒子拿出來，順便連同她的帶槍許可證和存摺一起交給她。

「感謝補給。畢竟本人原本帶的子彈在玲方面已經用完了。」

雪花開心地收下那些東西後，把軍刀重新掛到佩刀帶上，並且從衣服裡拿出十四年式手槍，將子彈裝進彈匣中。接著「唰、唰」地把白手套戴到左右手上。

看來她是真的……一天也不休息，從現在就要開始行動的樣子。真是個耐操又積極的人啊。雖然也給人有種活得很急的印象就是了。

「……妳不想告訴我內容沒關係，但是呃、那個軍令，妳一個人能夠辦到嗎？」

「需要一點創意巧思。但是社會上任何工作都一樣的。正如你所說，或許本人首先要從學習這個時代的事情開始吧。因此本人打算先到街上走走，收集情報。哦，對了，那麼金次，本人就任命你為本人的隨從兵吧。跟本人一起走。」

雪花笑咪咪地起身，講出了這種像是要收我當小弟的發言。

而且還要到街上逛，我才不想呢。居然要我帶著這麼漂亮的親戚，做那種像是約會的行為。

「我拒絕。今天我也有自己的行程——嗚呃！」

「長官的命令是絕對的。根據昨天你穿的軍裝，你應該是準軍官、兵曹長吧？階級比本人低了好幾階。哪裡，你用不著擔心，本人會好好對待你的。」

雪花像抓貓一樣用左手揪住我的後領，把她的美人臉蛋湊近到幾乎快跟我碰到鼻頭的距離——並且用戴有白手套的右手搔起我的頭頂。雖然她睫毛很長的眼睛與紅色的嘴唇都笑著，但臉頰卻是皮笑肉不笑。這態度絕對是如果我拒絕就會當場轉笑為怒，把右手從張開的手掌變成握起的拳頭，讓我吃上一記真實軍人使出的真實鐵拳制裁嘛……！

該死！那些政府人員根本打從一開始就為了把雪花推給我負責照料，所以那時候讓我戴上准尉徽章的。我完全中計啦。

（不過……）

雪花現在有主動學習現代社會的意志。

這本身是一件好事。不論對雪花本人來說，或是對我今後的安全來說。而且我從最初就有打算至少在這種程度的事情上要向她提供協助了。

因此……

「好啦，我知道了。但是我今天真的有件會影響我人生未來的重要事情要做，所以等我辦完那件事情之後，傍晚我們再去街上可以嗎？如果妳是個好長官，就要顧慮到部下的私人生活啊。」

「唔，既然這樣，也好。反正不管怎麼說，本人都需要你幫忙帶路。畢竟無論要做什麼事情，本人都沒有頭緒啊。」

雪花把吊脖子狀態的我放下來後，我看了一下時鐘——不妙，已經沒什麼時間了。於是我連確認裡面裝了什麼的餘力都沒有，就趕緊抓起了自己的書包。

接著來到爺爺的房間……結果連雪花都一邊問著「那麼傍晚幾點出門？」一邊跟著我一起來了……

「爺爺，我今天要去參加高認——以前叫大檢的考試補考。雖然本來是下個月考試，不過我利用一種叫『期限內補考』的制度，趁能參加的時候先參加了。畢竟要是又發生什麼事件讓我沒辦法參加就完蛋啦。考試完後我要帶雪花去看看現在的街上，會晚點才回來。」

我朝房間內如此說道後……

背對房門盤腿坐在地上的爺爺就「嗯？哦、哦哦，好。你去吧。」地說著，並且把他似乎正在讀的什麼雜誌之類的東西塞到坐墊下。

結果雪花忽然露出銳利的眼神——

「——鐵，你現在是不是藏了什麼東西？本人要檢查！」

說著，她邁步走進三坪房間中，用穿著襪子的腳「砰！」一聲把爺爺踹開。

然後從坐墊底下——一把抓起爺爺明明已經這種年紀卻似乎還讀得津津有味的一本叫《走光GIRLS》的雜誌。封面很露骨的是一張比基尼泳裝打扮的偶像照片。

「你、你這傢伙……居然在看這種Help book……！立正站好！」

雪花大聲怒吼，讓爺爺反射性地擺出立正站好的姿勢。結果連我也忍不住跟著站直不動，說著「He、Help book……是哪國話啊……？」並讓額頭冒出冷汗。

「海軍裡是那樣稱呼A書的啦！把助平本（註1）的『助』改成英文講法……可是、那並不是什麼真的返對用的書啊！是未出名前的偶像或女主播的走光照片——」

「——無須狡辯！拿海軍精神注入棒（球棒）過來！看本人把你打到送醫院！」

對於這種事情似乎表面上有潔癖的雪花毫不理會爺爺的辯解，氣得怒髮衝冠，徹

註1「助平（すけべ）」在日文中指「好色」的意思。

底進入魔鬼軍曹，不對，是魔鬼中校模式。那有如打雷般的聲音害我也嚇了一跳，把書包都掉到地上了。

結果從沒有好好整理過內容物的書包中……「沙、沙……」地……

（……嗚……！）

金天幫我裝到裡面的二次元及三次元特別書滑出來了！為什麼偏偏在這種時候跑出來啦！

「——呀！」

由於這些書光是封面就比那本雜誌還要情色，讓雪花原本就很大的眼睛當場睜到兩倍大，軍帽下的臉紅得像警示燈一樣了。

接著大概是怒火已經升到極限的緣故，聲音反而變得冷靜下來……

「——即使科學進步——但似乎還是沒有發明出治療笨蛋的藥啊。不，把你們稱作笨蛋（馬鹿）對馬和鹿都太失禮了。這在軍法會議上是嚴罰必至。為了避免連帶責任拖累到其他人，本人就在這裡把你們處分掉！」

她說著，露出僵直眼神，一下子就把重心偏後的形狀看起來莫名恐怖的十四年式手槍拔出來了！

「現、現在已經沒有軍法了啦！反而是妳隨便開槍才真的會違反槍刀法修正案啊！雖然我身邊隨便找就能找出幾個老在非必要時拚命開槍的傢伙就是了……不過那種事情先擱到一邊，就算假設我持有那種書——雖然實際上真的持有啦……如果是女性感到自己有危險而生氣就算了，但雪花是男的吧！為什麼要生氣啦！」

我反過來如此發飆後——

「什麼！那是、呃、就是……」

雪花又再度臉紅得像煮熟的章魚，支支吾吾起來。

結果爺爺趁這個機會……

「姊姊這個尿床小鬼！明明到了尋常小五還會尿床的人少在那邊囂張！濠蜥蜴！」

啊！他竟然丟下自己的孫子，爬牆從窗戶逃走了！

「鐵！站住！」

似乎到了小學五年級還會尿床的雪花雖然「磅！磅！」地開槍，但爺爺的濠蜥蜴可是有如蟑螂，早已逃竄無蹤了。好，趁雪花還看著窗戶的方向，我也逃吧！

「濠蜥——嗚呃！」

「兵曹長你不准逃！」

然而雪花的視野就像雷達一樣廣，立刻轉回來用白手套的手一把抓住我的頭髮。

——結果因為那個動作，使得雪花的 iPhone 從她超緊的白褲子屁股口袋蹦出來，掉到榻榻米上。

「唔！本人的通信機！」

雪花趕緊把 iPhone 撿起來，確認有沒有摔壞……但發現如果戴著手套摸螢幕不會有反應，於是用牙齒咬住而脫下一邊手套，再點了幾下螢幕——

「太好了，沒有故障。嗯……？什、什麼？原來這還可以拍攝影片嗎？」

我看到她如此驚訝，想說或許有機會轉移話題尋找活路而跟著探頭看向螢幕，便看到畫面正在播放影片，映出我們家的地板。另外也有用前置鏡頭拍到我的臉。看來是我把手機交給雪花之前，隨便把玩的時候轉到影片拍攝模式了。

接著，影片畫面忽然亂動起來。因為當時我看到雪花半裸，結果把手機掉到地上了。掉下去的手機似乎剛好靠到牆邊，從斜下方繼續拍攝到房間內……內衣褲打扮的雪花……！用高性能的鏡頭，從下往上的角度，主要拍著她的下半身……！

「……！」

看到那樣的 Help 影片，雪花全身顫抖起來——然後由於影片拍攝者很明顯就是我，結果……

「……你這傢伙，果然是用不正經的眼光在看待本人……！竟然對自家人發情，你是貓狗畜生嗎！」

「那種話請您去跟白雪講好嗎……！呃不，這完全是偶然，是一場不幸——」

全身不斷顫抖的雪花看起來實在太可怕，害我都忍不住用敬語對她講話了。

「而且還如此卑鄙偷拍，事後再偷偷觀賞，究竟是存何居心！本人再三強調過自己是男的！難道只要是外型是女的，不管是誰你都喜歡嗎！」

「只要外型是女的，不管是誰我都不喜歡啦！——嗚呃！」

雪花就像施展擒抱折腰技一樣用左右雙臂抱住我的身體……

「很～好，很好很好……」

接著對完全變得無法逃脫的我摸起頭來，並裝出在哄小孩似的聲音。那是她把所有怒氣解放出來之前的聲調。好恐怖好恐怖好恐怖。

「本人現在就來矯正你這傢伙下流的本性。但畢竟現在是和平的時代，所以本人不用槍而是用拳頭……而且現在也找不到精神注入棒（球棒），所以只要鐵拳修正到你動彈不得就饒了你。很好很好，真是太好囉，遠山兵曹長。很～好很好……給本人——咬緊牙齒！」

雪花揪住我的衣領固定住我的頭部後，露出魔鬼般的笑臉，「轟！」地揮下白手套拳頭。明明暴力等級往下調了還是那麼高！不愧是昭和時代的人——！萬事休矣！

雖然雪花的鐵拳修正——在陸軍稱為鐵拳制裁的行為好像讓幾條公式從我腦袋消失了，不過在目黑區大岡山的東工大舉行的高認補考感覺上應該沒問題。畢竟這次只要參加我唯一不及格的物理就好了。

然後到了傍晚，我必須帶雪花去看看現代的街上才行。

但是帶女生到街上逛是我人生中最想避免的行為，而且對方如果是年紀比我大的女生，難度簡直飆到最高點。究竟該去哪裡逛，我完全沒有個頭緒。

（在目黑和巢鴨之間找個地方……那就澀谷吧。反正那裡很有現代感。）

我隨便決定了地點後，打電話到老家——請奶奶送雪花到巢鴨車站，並教她怎麼搭電車。

而我自己則是先抵達澀谷，在車站前的銀行轉帳給晶亮亮借貸，把貸款還清。「不可額外討伐，不可借錢賴帳」。畢竟在遠山家的家訓中，借錢沒還可是比殺人更重的罪。因此和雪花會合之前，我還是先把欠的錢都還清會比較好。

在據說從戰前就存在，不過現在這尊是重建的八公像前……明明到了會合時間卻遲遲不見雪花來，讓我感到不安而打電話給她。結果響五聲後，她接起電話了。

『本人是雪花。原來手機會發出如此響亮的聲音啊。本人還以為是什麼警報聲呢。』

「妳現在在哪裡？」

『本人正走出澀谷車站的百貨公司。哦，看到你了。』

我聽到這句話而轉回頭，便見到雪花提著紙袋從東急百貨走過來，而且身上還光明正大地穿著白色的軍服。不過周圍的人們似乎都以為那是海上自衛隊的制服，因此並沒有引起騷動。還好舊日本海軍和海上自衛隊的衣服很像……

「雖然剪票口改成了機械式，不過電車本身倒是跟本人的時代沒有太大的差別。讓本人安心多啦。」

「哦？是這樣喔……妳去買東西嗎？」

「沒錯。哎呀～戰後的通貨膨脹率簡直是天文數字啊。光是買齊這些東西的錢就跟海軍大將一年份的俸祿同樣金額啦，哈哈哈。來，隨從負責提東西。」

她說著就把小紙袋塞到我手上，於是我檢查了一下裡面——嗚喔……！

……是、是內衣褲……！跟今天早上看到的一樣是全白色，繩帶細到幾乎可以拿來玩翻花繩，布料又薄到另一側的顏色都會透出來，而且盡是蕾絲……！

為什麼這個人唯獨在這點上偏偏徹底像個女性啦！簡直給人添麻煩！

大概是看到我露出像仁王的嚴肅表情而認為有必要說明一下，於是雪花豎起一根手指說道：

「帝國軍人不該是選擇符合自己身體的軍服，而是要讓自己的身體符合軍服——話雖如此，但本人的肉體較為特殊。而且在玲方面的那段期間又有成長，使得某些部位變得會從軍服內側往外撐，結果讓背部和臀部經常浮現出貼身衣物的布料或繩帶的形狀。因此為了不要讓光榮的軍裝顯得那樣難看，本人的貼身衣物都盡可能挑選又細又薄的東西。這就叫創意巧思。」

原來雪花的內衣褲又細又薄又白的理由——是為了不要讓胸罩帶和內褲線浮現出來，以及不要透出白色的軍服被人看到啊。

雖然這樣的創意巧思也不是讓人無法接受……但難道我必須提著這種玩意在街上走嗎……？

「你也要讓自己的服裝儀容常保 smart 才行。像你現在領帶就歪了。Smart, steady, silent 乃是海軍的座右銘啊。」

「我不是軍人……是武偵、啦。」

由於雪花幫我調整領帶的雙手動作溫柔，再加上她端整的美人臉蛋與凜然直挺的身體忽然靠近——害我講到一半變得沒有氣勢了。所謂的「美女大姊姊」這種存在真的讓我很不喜歡、很傷腦筋啊……

接著，我帶雪花穿過車站前的全向交叉路口，進入澀谷中央街。可是……

「剛才本人為了小解進入茅廁，沒想到百貨公司的廁所都是西洋式馬桶，讓本人大為驚訝啦。畢竟在本人的時代，就算是海軍設施之中，陸上設施也沒有所謂的洋式馬桶啊。哈哈！」

我猜想可能是進到男廁所的雪花完全像個男生一樣跟我聊起這種事情，再加上我跟著書包一起提在手上的紙袋中又裝著爆發性炸彈，害我腦中浮現各種想像，早早就開始胃痛起來啦。

「話說，你今天是去參加什麼考試？」

「高認啦。就是為了得到大學報考資格的考試。」

「——大學？那種地方只有閒著沒事幹的有錢人才會去喔？」

愣住的表情意外可愛的雪花對於大學的評價莫名低的樣子。或許從前的大學就是那樣的存在吧。

「現在已經不是那樣了。雖然很花錢的這點同樣沒變，但是如果學歷不夠高，就沒有地方願意雇用啦。」

「遠山家的人可不適合那種給人雇用的工作啊。你想必也一樣什麼工作都做不久，而一直換地方吧。」

那是什麼恐怖的預言啦？不過我至今無論是便利商店店員、包子店或是教師，就結果來看都沒有一個工作做得持久。難道遠山家的人代代都是如此嗎？

不，可是初代的遠山金四郎景元是個町奉行，以現代來講就是像都知事的工作啊。雖然後來因為政敵陷害而遭到左遷就是了。老爸也是東京地檢的武裝檢察官，毫無疑問是個公務員啊。雖然後來被當成殉職而離開就是了。

（……難道我將來……不管怎麼努力都只能過著那樣難受的人生嗎……？）

或許我也正值那樣的年紀，對於即將到來的大人時代不禁感到憂鬱起來。就在這時——

「——喂，妳們。等等。」

雪花忽然把一群走在附近的女高中生們叫住了。雖然語調嚴厲，講的話卻像在搭訕一樣。

「咦？妳誰呀？」「超誇張。」「是在玩角色扮演嗎？」「很帥氣嘛。」

即使沒有像松丘館那些上個時代的黑辣妹那麼辣妹，但還是頗辣妹的四名澀谷辣妹——見到雪花用軍刀刀鞘指著她們迷你裙底下露出來的腿，都嘻嘻笑了起來。

「妳們的腿。年輕姑娘不應該隨便裸露肌膚。今天本人就放過妳們，下次改進。」

雖然我也覺得短裙很爆發所以不太喜歡……但那四個人的制服裙子大約到膝上五公分左右，還在常識範圍內。畢竟裙子長度的流行會因時而異，現在流行的並不是短到需要穿安全褲的長度。

然而對雪花來說，光是女生把腿露出來似乎就讓她很不順眼的樣子，用一副風紀股長似的眼神瞪著那些女生們的裙子。或許對於戰爭時代的人來說，那是很不知檢點的服裝吧。

「……？妳在講啥？」「大概是講我們裙子太短了吧？」「那種事情是人家的自由吧？」「對呀，自由自由。小姐，妳看看妳後面。」

雪花聽到對方這麼說而轉回頭，於是我也跟著把頭轉過去——看到一名穿著牛仔熱褲的大姊，明明天氣已經變得相當冷了卻還很努力把大腿露出到根部。

「……！那……那是什麼下流的打扮……！簡直像舞廳的女店員一樣……！」

見到那打扮的雪花驚愕得有如看到人只穿著一條內褲在街上走一樣。

接著又有兩名女生與那位大姊錯身而過，身上穿著造型古怪奇特的蘿莉塔服裝，腳下套著厚底鞋輕快走在路上。結果——

「……！她們難不成……是魔法師、還是什麼、嗎……？」

雪花驚訝得連講話都結巴起來。雖然那兩人確實穿得很誇張啦，不過這種程度似乎也會讓雪花感受到文化衝擊的樣子。

畢竟女性的流行時尚是最容易隨著時代改變的東西之一。要是今天反過來有個女生穿農村婦女勞動褲、頭綁防空頭巾走在澀谷中央街，我們現代人也會感到驚訝吧。

後來雪花又看到打扮很龐克的樂團女孩、像卡莉怪妞一樣把頭髮染成七彩的女孩、已經瀕臨絕種山妖系辣妹、故意全身豹紋的打扮、活像隻白熊的 **Boa** 夾克、刺青絲襪、網紗蓬蓬裙、角膜變色片等等──在澀谷街上來來往往，打扮簡直自由過度的女生們搞到她都不知所措了。有些似乎甚至讓她無法辨識為人類，當場驚慌起來。

（呃~……看來……我好像帶她來錯地方了……）

如此判斷的我──推著雪花的背……

「喂，雪花，我們換地方。男性跟以前就沒有那麼大的差別了。」

從中央街往南撤退──日本軍好像是稱作「戰略性轉進」的樣子。我記得那裡有一區辦公大樓比較多的地方。就讓雪花在那裡鎮定一下情緒吧。

我本來是這麼想的，但卻失敗在我對澀谷的路不熟。

（……糟了……！）

我帶著雪花闖進的小巷左右兩側竟滿滿都是穿細肩帶的大姊姊照片，或是乍看之下很可愛但感覺莫名猥褻的圖畫看板等等。上面還寫有比起一般飲食店的價格要來得昂貴許多的飲食費，以及似乎是表示可以留在店中多久時間的數字。也太露骨了吧！

「嗚喔喔喔！」

「哇啊啊啊！」

對那種東西抱有恐懼而低下頭的我，推著似乎對那種東西抱有恐懼而用手摀住臉的雪花往前衝刺。路上的行人們真的很抱歉，我知道各位特地為我們讓出了一條路啊。

如此這般，我們從ＴＢＪ三號店也有在裡面開店的時尚百貨大樓 SHIBUYA 109 旁的小巷逃出來後──雪花忽然緊急剎車，害我撞上了她的背。

「痛啊……妳幹麼忽然停下來啦？」

「——從那裡傳來軍艦進行曲啊。那是海軍設施嗎？哦哦，真熱鬧。」

雪花開心地手指的地方——是進入黃昏而開始點起霓虹燈的小鋼珠店。

「……不，那是柏青哥店啦。雖然最近比較少了，不過那些店為了吸引客人會播放軍艦進行曲。」

「什、什麼……？竟然把榮譽的軍歌用在遊樂場的宣傳上，簡直不知規矩——呀哇！」

露出氣憤神情的雪花忽然又嚇得讓一頭黑髮連同白色緞帶一起彈起來，表情害怕地抱住了我的身體。

白雪・萌・麗莎・安達米澤麗級的二連裝棉花糖砲緊貼過來，害我也當場嚇了一大跳。什麼？這次又是什麼事？

「為、為為、為何明明科學如此進步了，還是沒能讓那玩意滅絕！」

發出尖銳叫聲的雪花，用發抖的手指指向掉在人行道旁的便利商店點心包裝袋……裡面探出頭來的老鼠。

啊～畢竟東京最近經常會看到那種黑鼠出沒嘛。不過那也沒什麼好害怕的吧？雖然我覺得很不衛生就是了。

正當我這麼想的時候，雪花似乎在生理上非常無法接受老鼠的樣子——竟「鏘！」一聲拔出了十四年式手槍。在這個四周都是人的鬧區中！

「喂住手別這樣，不要在這種地方開槍啊！」

我趕緊抓住雪花一臉驚慌地準備拉動上膛桿的手，阻止她把第一發子彈裝入膛室。

「開槍！見到老鼠就要開槍！不要礙事！見敵必殺啊——！」

「澀谷的廚餘垃圾很多所以會有很多老鼠啦！就算妳殺掉一隻也沒有意義啊！快住手！」

「不管！開槍開槍！本人說開槍就是要開槍！」

嗚哇，她完全退化成幼兒了！只是因為無法如自己所願就這樣！

正當進入哆啦A夢見到老鼠狀態的雪花與我糾纏在一起的時候……

「What's going on?（發生什麼事啦？）」「Oh hey, calm down.（好啦好啦，你們冷靜下來。）」

——忽然有人從一旁用美式英語對我們搭話。於是我轉頭一看，發現是兩位一看就知道是外國觀光客的美國男性想要為我們調解。他們大概以為我們是在男女吵架吧。

結果見到那兩人的雪花立刻全身跳起來……

「——發現敵人！」

由於看到老鼠而雙眼驚慌打轉的她，這次竟然把槍口舉向那兩人了！

雖然對於好心向我們搭話的那兩人感到很抱歉，但我只能趕緊朝他們大吼一聲「Get away!（快逃！）」——而那兩人也總算注意到雪花手上的槍，結果「My God!」地尖叫逃走了。

「卑鄙的傢伙們，不准逃！兵曹長，我們追上去！區區英美不值得害怕！」

「啊啊受不了！」

總算把十四年式手槍的保險栓扣上的我——「嘿！」一聲把發狂的中校閣下抱起來，剝奪她的自由。但畢竟她身高很高，沒辦法像亞莉亞一樣抱在腋下，所以我只能用公主抱的動作了。

嗚嗚！第二種軍裝的布料很薄，讓我的手臂都能感受到雪花大腿適度柔軟的觸感，實在太難受啦……！

過了一段時間後，雪花總算恢復鎮定，叫了一聲「……放本人下去！」並且用戴著白手套的手賞我一記上鉤拳。於是我結束公主抱，讓她站到地面上後……

「……」

她不曉得為什麼滿臉通紅地瞥眼瞪著我，把軍帽重新戴好。

雖然她看起來好像心情不好又好像在緊張的表情很莫名其妙，但總之她似乎已經恢復正常了——於是我把掛在手臂上的書包與紙袋重新提到手上……

「呃～我記得應該是在這附近……」

我為了尋找辦公大樓街而在澀谷的外圍繞來繞去。

然而一方面也因為剛才沿著亂七八糟的路徑到處跑的緣故……我迷路了。結果在圓山町與神泉町之間亂走了一圈，到晚上七點半左右才總算到了一區辦公大樓較多的地方。

「妳看，男性的西裝跟從前就沒什麼太大的差別了吧？」

我指著從公司進進出出的上班族如此說道，可是……

「怎麼每一棟大樓的窗戶都這麼亮？」

搖晃著一頭長髮環視周圍大樓的雪花卻似乎對別的事情感到疑惑的樣子。

「妳的時代好歹也有電燈泡吧？因為有人在裡面工作，所以點著燈啊。」

「但今天不是禮拜天嗎？而且太陽早就下山了。可是這些男人為什麼都不回家陪伴妻小，反而拖拖拉拉地在工作？國之本在家。丈夫應該在家與妻子和睦相處，慈愛兒女才對吧？」

「雖然在這點上我也覺得很奇怪啦……但畢竟大家都沒錢啊。所以即使是假日、即使是深夜也要為了賺加班費努力工作，要不然根本養不起妻子兒女。」

我嘆著氣如此回答後……

雪花露出了憂傷的表情。

不是為她自己，而是為大家感到悲傷——為國而憂的神情。

「為什麼？在你們這個時代，家中就像博物館般充滿各種東西，有用的科學產物普及萬民，糧食方面也像做夢一樣變得比以前好了不是嗎？可是卻很貧窮？」

「沒錯。像我也是一貧如洗。畢竟現在到處都不景氣啊。」

聽到我這麼說，雪花頓時沮喪起來……

「不……其實本人也隱約注意到有些奇怪了。來到這邊的途中，本人見到好幾個露宿街頭的人，也有在翻找垃圾的人。那些人想必是失業了吧？那景象簡直就像一九三〇年代。」

「妳是說經濟大蕭條之後的那段時期嗎？……或許妳說得沒錯。這段不景氣一直在延續。」

「……雖然本人那個時代生活很辛苦，但這個時代也有這個時代辛苦的地方啊……」

到處逛過一圈之後的結果，之所以讓雪花變得如此沮喪的原因……是錯在我帶她來錯了地方。

如果我是帶她去看看現代日本好的一面，讓她開心一點就好了。

然而我根本不曉得該如何才能取悅女生，就隨便帶雪花到澀谷來。

結果在這裡讓她看到的景象，頂多是打扮得奇形怪狀沉溺於玩樂的年輕人、紅燈區、黑鼠、美國人以及早晚不斷工作的大人們而已。

「我們回去吧。」

我說著，踏步走上回去澀谷車站的路。畢竟澀谷一如字面所示是一道凹谷，所以如果想去車站就只要找個斜坡往下走便行，回程不會迷路的。

「總覺得很抱歉啊。你們拚上性命保護下來的日本，現在卻變成了這樣的國家……是不是讓妳很難受？」

「……不。就算在戰爭中輸了，至少日本還在。首先只要知道這點就好。」

走在一旁的雪花彷彿是為了安慰講話沒有精神的我，而用溫柔的聲音如此回應。

然而不久後，當我們走到道玄坂時——

「但是這個日本，是建立於跟過去的日本不同的精神之上啊。」

望著斜坡下的雪花讓她美麗的雙眼露出凜然的神情，講出這樣一句話。

「不同的精神……？」

「本人看過電視機播放的影像以及這條街的景象，便深深明白了這點。這個時代雖然物資變得豐富，但人心卻變得貧乏。雖然日本似乎在戰爭中沒有遭到毀滅，卻正逐漸自己走上滅亡。」

如此說道的雪花，雙眼瞪著前方的街景。

總覺得……這次約會的失敗之處對今後造成的不良影響……

「遠山兵曹長——咱們來改正這個國家！」

好像比我所想的還要嚴重喔……？

3彈　遊一號作戰

至誠不悖否——做人是否老實？
言行不恥否——發言或行動是否正確？
氣力無缺否——是否保持精力充沛？
努力無憾否——是否有努力做到最好？
懶惰成性否——是否有避免懶散怠惰？

身為無業遊民的我有一項特權，那就是因為沒地方可去所以不需要早起。
因此我早上賴在床上睡大頭覺……卻被雪花轟下床了。
然後整個早餐時間她都對我「你這傢伙太懶散了！」地不斷嘮叨說教，並強迫我把海軍所謂的「五省」訓誡背起來。就算教了這種東西，人也不可能活得那麼完美嘛……

順道一提，其實從昨天去澀谷回程的路上，在客滿的山手線電車中——我由於不可抗力形成了對她壁咚的姿勢，接著到了新宿站乘客又變得更多，讓我們變得緊緊抱在一起之後，她就一直心情這麼差了。

雪花在電車中明明只會紅著臉低著頭什麼話也不講，可是到了巢鴨一下車就大罵「你為什麼就專挑本人的乳房壓得那麼緊！這個貓狗畜生！」並賞了我一個巴掌。就算妳問我為什麼，因為那是妳全身上下最凸出的部分啊，我有什麼辦法？

每當電車搖晃的時候，就必須讓身體承受麻糬般柔軟與皮球般彈性兼備的胸部砲擊，一路上又必須呼吸雪花頭部的甜膩香氣這種爆發性毒氣的我，才真的想對她要求謝罪和賠償呢。

即使心中這樣抱怨也不敢講出口的我——在上午爺爺跟奶奶出門參加社區聚會的期間，只能坐在客廳念書的同時，瞥眼瞪著跪坐在檐廊喝茶的雪花背影。就在這時候……

——叮咚。我們家的門鈴響起。

「欽～欽～！我～們～來～玩～吧～！」

由於我們家的外觀很有昭和感，所以像個昭和時代的小孩子般如此叫喚的理子聲音傳來了……？

好，不要理她。假裝不在家吧。

雖然我很想這麼做，但我的危機管理意識頓時響起警報。理子那傢伙應該不曉得我老家的住址才對——所以肯定是亞莉亞或白雪告訴她的。也就是說其中之一現在可能跟理子在一起。

如此判斷的我戰戰兢兢走到玄關打開拉門……果然不出所料。

身穿武偵高中制服的理子和亞莉亞就站在門外。妳們都不用上學嗎？這些該死的學分富裕族們。

另外對我來說，不管亞莉亞還是白雪來都不算猜中得獎。兩邊對我來說都是錯誤答案。

「哈囉～！雪花花過得好嗎？」

「妳們兩個為什麼忽然跑來啦？先打個電話行不行！」

那樣我就可以逃走地說。

「那樣你就會逃走了吧？而且就算我打給你你也不會接，事後才跟我裝蒜說是沒注意到。你總不會是把我設成拒接號碼了吧？」

該死！平時的行為在這種時候反而害了自己啊……！

「現在英國人跑來我們家很不妙啦。雪花到現在還認定英美是敵國啊。理子也是金髮，外觀上看起來──」

就在我這麼說的時候，理子忽然眼神閃閃發亮起來，亞莉亞則是稍微捏起裙襬做出屈膝禮的動作。對著我背後現身的人物。

「唔。妳們是之前在地下基地見過的女生們。印象中，妳叫亞莉亞姑娘吧。上次真是對妳失禮了。至於妳是？」

咦咦……我回頭看到雪花現身玄關還嚇出了一身冷汗，但她的對應態度倒是很溫和喔？用一臉帥氣的表情把亞莉亞跟理子都當成普通的女孩子看待。

「我叫峰理子。叫理理也可以呦～！」

「哈哈哈，真是可愛的姑娘。來，兩位都進來吧。哦哦對了，對本人不需要使用敬語沒關係——喂，兵曹長，去端茶過來。」

呃，為什麼她一臉笑容啦？啊！該不會是把敵人引到自軍陣內讓對方無路可逃後再展開戰鬥的作戰計畫吧……？

「話說亞莉亞姑娘，妳不是日本人嗎？」

來了！

「我叫神崎・H・亞莉亞。是日本人。我有雙重國籍，分別是日本跟一唔唔唔！」

「一——義大利！妳想想，『Aria』是義大利文對吧！所以沒有必要跟她打喔？」

我趕緊用手摀住亞莉亞的小嘴，並利用日德義是三國同盟的事情努力說服雪花說亞莉亞是夥伴。雖然義大利當時到戰爭末期背叛了盟國啦。但亞莉亞都把英國的第一個發音「一」講出來了，我也沒辦法啊。

「吼！你做什麼啦！」

痛痛痛！亞莉亞居然咬我的手！而且是整個手掌都被她咬進嘴巴裡！

「哈哈哈，真是有精神的姑娘。哦哦，好健康的犬齒啊。」

雪花對那樣的亞莉亞依然表現得很大方。

……她是把亞莉亞認定為友軍了嗎？

「是、是啊，畢竟如果從亞莉亞身上拿掉精神跟健康就什麼都不剩了嘛。」

我說著連自己都搞不懂在講什麼的發言努力撐場，同時在亞莉亞口中對她的舌頭用敲指信號傳達「總之妳配合我就對了」。相對地，理子倒是很難得地看出現場的氣氛，似乎認為「現在當作自己是日本人好像比較方便講話的樣子」，結果……

「理子也是日本人呦！雖然在占領地生活得比較久就是了。」

她指著自己兩邊綁高的蓬鬆金髮如此說明。在國外生活，頭髮顏色就會改變嗎？妳在講什麼傻話。

「妳們不需要因為自己是外國人，在本人面前就表現得僵硬。帝國海軍如果在平時狀況下，也會對外國人抱著相當程度的理解加以對待，也允許學習對方一定程度的禮法習俗。」

妳明明昨天一見到美國人就差點開槍把對方殺掉了不是嗎？雖然那時候妳是因為看到老鼠而陷入驚慌狀態就是了。

「還有金次，你走路時要跟這兩人保持距離。在軍校中是嚴禁與異性交遊。因此不只是她們，你對任何女性都要禁止接觸。」

那首先拜託妳滾到其他地方去行不行……！雖然我很想這樣講，但畢竟雪花自稱男性，所以我想講也講不出口。

不過這下我知道了——雪花的態度會根據對方的性別而有很明顯的不同。想必是海軍中有類似「非戰鬥時應當以紳士的態度對待女性」之類的規矩吧。像昨天在澀谷，她對待女高中生也是態度好到幾乎被對方瞧不起啊。既然這樣，我也扮成克羅梅德爾好了。雖然因為現在假髮不在我身邊所以辦不到啦。

我端茶給進到客房的亞莉亞與理子後，跟雪花四個人圍著櫸木的矮桌坐了下來。來到遠山家就會變得端莊的亞莉亞，用她不習慣的跪坐姿勢坐著。第一次來遠山家的理子也是。

「然後呢？妳們是來幹麼的？」

我板著臉如此詢問，結果亞莉亞拿出她自己的 iPhone——

「雪花小姐引起了話題呀。」

「是理子發現的呦～！」

……什麼？於是我探頭看向畫面。呃……！

在 YouTube 的影片中，拍到雪花身穿白色軍服的身影……！

影片中的時間是晚上，背景可以看到東京巨蛋的一部分。是在水道橋附近。也就是說，這是前天。

是雪花在霞關消失蹤影後，徒步走向巢鴨的途中被拍到的——

「哦哦，本人在畫面中。是妳拍攝的嗎？」

「不是我。是有人擅自拍下來，然後上傳到網路的。」

「網路？這裡沒有什麼網子啊……」

雪花頓時愣著一張臉，但我卻是臉色發青地看著影片。

——在看起來應該是外堀大道的馬路上，停著一輛閃著雙黃燈的大紅色賓士車。後座車窗貼有反光膜，是黑道的車子啊。車頭保險桿凹陷，然後在車子正前方一屁股坐在地上的雪花正緩緩站起身子。看來是她由於殺刻而不斷被撞被輾的車禍之一被人拍到了。

畫面中的雪花『喀！』一聲把軍刀像拐杖般抵在地面上威風凜凜地站著——面對下車怒吼『嘿！小姐！妳忽然衝到路上是想死啊！』的開襟襯衫小混混們……

『——你們那是什麼服裝！是皇國臣民就把衣襟穿整齊！立正站好！』

……露出一臉凜然的表情如此大叫……上演起帝國軍人劇啦……！

『啥？妳嗑藥了嗎？』

『嘎哈哈！妳那才叫什麼服裝勒！』

不妙，小混混們拔槍出來了。雖然動作完全是外行人。

『你們似乎會講日文，但看來是非國民（註2）的樣子。好，本人就親自修正你們。放馬過來吧。本人遠山雪花既不逃避也不躲藏，誓將打擊天下惡徒。』

嗚嗚，她連自己的本名都講出來了……！有必要在這種時候講出來嗎？拜託……！

註2 日文中對於「在自己國家中行為舉止違背國民性的人」使用的蔑稱。並非指外國人。

並非擔心雪花而是擔心那些小混混性命不保的我，緊張地繼續看著影片。結果——

『你們適可而止。那位姑娘……是真貨。跟一般人不一樣。咱們走吧。』

最後下車的一位身穿高級西裝，大概是少頭子的男性制止了那些小混混。他表情相當緊張且臉上流出冷汗——應該是看出了雪花搞不好真的會把他們殺掉。幸好對方陣營中有個能夠看穿這點的人，要不然就會演變成殺人事件啦。

影片拍到這邊結束後……

「本人這個時候還有種東京混雜著外國的感覺。然後見到那車子上的徽章跟以前本人去看希特勒總統遊行時他搭乘的車輛一樣，便以為車上坐的是德國軍人而上前詢問狀況，結果就被撞啦。不愧是德國車，夠堅固，撞得本人好痛啊。哈哈哈。」

「什麼哈哈哈啦……」

「還有其他影片喔。」

「全～部都是理子找到的呦！」

雖然雪花有見過希特勒本人的事情讓人驚訝，不過亞莉亞和理子的發言同樣讓我大吃一驚——於是叫她們把影片放來一看……

『有軍人走在路上。』『是軍隊系藝人呢。』『軍隊藝人的軍服重現度超高的。』『我現在發現傳聞中的軍隊藝人了。地點在澀谷的東急百貨，在買內褲喔。』

結果應該是前天與昨天被人偷拍到的影片接二連三地冒出來。

我本來以為雪花那套軍服跟海上自衛隊的制服很像，所以應該可以瞞混過去，但內行人還是看得出來啊。

「雪花，要是有人把手機舉向妳，妳最好小心一點喔？只要影片被上傳到YouTube就很難消掉了。這現象甚至被形容叫『數位刺青』喔。」

「唔。本人是知道手機能夠拿來拍攝影片，但YouTube又是什麼？」

「拜託！YouTube就是網際網路上的……這樣講妳也不懂吧……呃～總之在現代，任何人都可以透過這玩意像電視臺一樣把影片播送出去啦！而且是對全世界！」

我指著iPhone如此斥責雪花。結果──

「哦？全世界。」

雪花端著茶杯，把視線稍微望向斜上方思考一下後……

「你前天有說過，手機甚至可以打電話到地球的另一側是吧？也就是說透過那個電信通訊網也能進行影片的收發訊嗎？」

不愧是通信軍官，她講出了雖不中亦不遠矣的解釋。

「對啦！任何人都能看得到啊！」

「在德國也可以嗎？」

「為什麼要挑德國？對啦沒錯，所謂的網際網路就是那樣的東西。所以要小心，不要隨隨便便讓自己的長相、住址、姓名、電話號碼之類的個人情報上傳，或被人上傳到網路上──」

一反今天早上的狀況，這次換成我對雪花嘮叨說教起來……

結果閉著眼睛和嘴巴，不知在想什麼事情的雪花——忽然又用力睜開雙眼……

「——神崎中尉、峰少尉、遠山兵曹長，本官代大本營在此下令。從今日此刻起，發動『遊一號作戰』！」

她挺直背脊，高聲如此宣告。

連自己也被指名的亞莉亞有點被嚇到地如此詢問後……

「什、什麼作戰啦？」

「利用 YouTube 可以透過電信網——所謂的網際網路，進行廣範圍的影片宣傳。既然有很多人都在播送自己拍攝的影片，代表這並不需要什麼高度的技術或高額的預算。換言之，**本人應該也能做到才對**。」

她怎麼、忽然講起這種事情了……？

「咦！什麼什麼？雪花花要當 YouTuber 嗎？那種事情理子超喜歡的！好呀好呀，現在就開始吧！」

由於峰少尉立刻把身體挺到桌子上，用閃亮亮的眼神做出這樣的反應，害我也沒辦法騙雪花讓她中止計畫了。

「雪花……腦筋轉得真快呢。居然才短短一分鐘就理解了網際網路是什麼東西。」

「妳、妳是想要播送什麼東西啦……？」

「本人要對這個日本提出評論！好，峰少尉，立刻進行拍攝準備！」

「遵命！」

「呃、喂，住手。話說理子，妳講的那個 YouTuber 又是什麼啦……？」

「咦～欽欽不曉得嗎～？好落伍喔～！在 YouTube 上投稿的影片如果觀看次數夠多，是可以拿錢的呦。所謂的 YouTuber 就是拿那個當工作賺錢的人。美國甚至有當紅 YouTuber 靠這樣賺到錢蓋房子喔！嘻嘻！感覺會很有趣呢～！」

理子一旦像這樣興奮起來，我和亞莉亞就都沒辦法阻止她了。真糟糕，雪花和理子這對教人意外的組合湊在一起，今後究竟會產生什麼樣的化學反應——我完全無法想像啊……！

上頭的人下達進攻命令，大部分的將領或士兵即使覺得很不妙也不敢反抗，唯有傻傻聽命進軍的白痴偏偏工作很有效率。我總覺得現在眼前的狀況，就有點像從前的日本軍失控時的組織結構啊。

理子出門買材料回來後，立刻準備好的「遊一號作戰」攝影棚……或者應該說就是我家房間的凹間……原本的掛軸被擅自移開，並掛上了日本國旗與鮮花裝飾。然後在凹間前擺了一張古典的黑色沙龍椅，而頭戴軍帽身穿第二種軍裝的雪花就坐在上面。把軍刀像拐杖一樣立在微微張開的雙腿之間，戴白手套的雙手重疊放在刀柄上——最後臉上露出凜然的表情，挺直背脊。

「那麼，攝影開始！」

「嗚嗚～！了解，中校！我按！」

理子把自己的 iPhone 放到三腳架上，開始拍攝影片了。就在亞莉亞中尉跟遠山兵曹長都還愣在一旁的時候。

「……乍看之下、是很帥氣呢……」

「反、反正就算上傳了也不會有人想看啦……」

無視於竊竊私語的亞莉亞和我，雪花接著……

「──立正站好！本人乃海軍中校──遠山雪花。現今的帝國軍人只有本人獨自一人，因此恕本人冒昧踰矩如此說了──大本營公告──！全體注視傾聽。此片的播送目的，乃日本國民的幸福是也。」

用響亮清楚的聲音開始講起了這種話。不妙啊不妙啊。

「現今的日本究竟是什麼德行？在虛有其表的發展背後，國民們卻陷於貧困之中。然而肩負未來的年輕人們卻反而吃飽穿暖，墮落沉溺於玩樂。所有人清醒過來！讀書勤武吧！甚至乾脆讓徵兵制度復活吧！」

哇啊啊啊不能這樣啦！

「什麼徵兵……雪花會不會有點軍國主義呀……？」

「什麼叫『有點』？她就是個來自軍國、純度百分百的軍國主義者啊。這下該怎麼辦……」

一臉傷腦筋的亞莉亞雖然這樣講，但不是爆發模式的我根本對雪花怕得想制止也

不敢制止。

「日本擁有獨立的文化與悠久的歷史，乃高潔的國家。櫻花、富士、國土四季，能夠將這些美麗的情景用情感豐富的詞彙表現出來的日文，乃完成度最高的語言。日本人乃具備崇高的道德心與關懷他人的思考，勤奮而有紀律，富於創意巧思，為人正直而不忘恩義，應當成為全世界人類模範的優秀民族。諸位每一個人都是如此。年輕人啊，不可遺忘這點，從今天起洗心革面吧。甚至乾脆加入自衛隊吧。完畢！解散！」

日本其實也有很多不好的地方。自然災害多，奇怪的規矩束縛也很多。

但雪花完全不提那些部分，莫名讚頌日本後就結束了發言。接著……

「把這段影片發布到全世界。為了讓諸外國的人也看得懂，記得加上翻譯字幕。峰少尉，鑒於妳行動迅速，本人任命妳為遊一號作戰的參謀。這是本人的手機呼叫號碼。」

「謝謝妳，中校！影片就交給理子編輯上傳並推文宣傳吧！理子的推特有一萬人追蹤喔！靠雪花花的外貌，或許有機會爆紅賺到一大筆廣告收入呢～嗚嘻嘻！」

雙手敬禮的理子用嘴巴咬住雪花用鋼筆寫下手機號碼的便條紙。

果然兩個怪人之間就是會莫名地臭味相投啊。

不過我由於是自家人，所以多少從氣氛上可以感覺出來……

雪花剛才這段演說與其說是她的真心話，倒感覺比較像她有什麼別的意圖。一開始先靠臭罵挑釁吸引目光，到後半又誇獎對方。這是想要提升知名度的新人政治家常用的手段。她雖然講了徵兵什麼的，但也許只是想讓自己的軍人同伴增加——或者說是自衛隊的人數吧。

然而不管雪花的想法如何，歸根究柢她的服裝就太誇張，主張的內容也太過於國粹主義了。這種影片要是發布出去，搞不好會引起國際問題啊。而且她還說要給影片加上字幕。

「理子，住手！我剛才查了一下，YouTube的廣告審查可沒那麼鬆啊！」

因此我趕緊想沒收理子的手機，但是……

「嘿呀！鐵山靠！」

「痛啊！」

把手機「唰！」地抓起來遠離我的理子，順勢用背部或者應該說肩胛骨朝我的胸口劍突處衝撞。別看她這樣，她可是善於使用中國拳法，讓人很傷腦筋啊……！

就在我痛得倒在榻榻米上打滾的時候，理子便「拜拜囉～！」地逃到檐廊去了。

「金次你還好吧？……這下該怎麼辦啦？」

在驅亞結界——遠山家中就會相對比較文靜的亞莉亞，把我攙扶起來。

「哪有什麼怎麼辦……喂，雪花，投稿影片這種事情是應該先學習過ＩＴ素養才做的，不是像妳這種才剛知道網際網路的存在五秒鐘後就開始做的事情。妳不但露臉，講的內容又偏激，雖然長度很短算是不幸中的大幸啦……總之妳立刻讓理子停下來，快點發出撤退命令！」

搖搖晃晃站起身子的我又對雪花如此說教起來，可是……

「撤退乃卑鄙小人才做的行為。而且第二部影片也要早早開始著手。既然任何人都能夠發布，想必在YouTube已經有多到數不清的影片。如果想要讓自己的影片在那之中被大家收視，最好要展開波狀攻擊——也就是定期且頻繁的更新。」

雪花反而像個教師般豎起食指，擺出教育我的態度。

「讓自己的臉或身影出現在影片中同樣也很重要。畢竟大眾是連同人物一起對於對方講的發言產生興趣的。內容如果看在現代人眼中很偏激，那反而是好事一件。要是話題欠缺個性，就難以留在人的記憶中，也難以傳播了。而本人之所以縮短時間，是因為本人推想所謂的手機應該是讓人在零碎的閒暇時間閱覽的東西。」

塑造角色、凸顯特色、專攻零碎的閒暇時間——

如果要成為所謂的YouTuber想必很正確的想法，都一一被雪花說中……讓我不禁在心中咂了一下嘴。

雖說是戰爭時期，但雪花可是通信軍官，是情報戰的專家。而把iPhone交給那樣的雪花，並告訴她網際網路與YouTube的存在……搞不好其實是非常危險的事情啊。我總有這樣的預感。

理子後來都沒有再回來。到了隔天，亞莉亞帶著嚴肅的表情再度來訪……

「這下傷腦筋了。理子推特的轉推已經超過一萬啦。」

「嗚嗚嗚，YouTube 的觀看次數也超過一萬，已經無法阻止擴散了……」

我用亞莉亞的 iPhone 以及自己的筆電瀏覽理子創建的「雪花ｃｈ！」頻道，忍不住全身發抖。雪花的那段影片竟出乎預料地爆紅了。

理子的推特平常只會貼一些時尚流行或甜點的照片，想當然關注者也都是一群女生，因此我本來認為就算她推文宣傳那種動畫，應該也沒人會理睬地說。

而且我猜想大概會負評蜂擁的留言欄也沒想到竟然是一片熱烈讚賞。女生們都對雪花帥氣的臉蛋、服裝以及嘹亮的美聲迷得神魂顛倒，簡直像把她當成寶塚劇團的明星演員般對待。至於雪花在講的內容，她們倒是感覺都沒有在聽，或者根本不在乎的樣子。

畢竟像貞德也是如此，帥氣的女生很容易獲得來自女性倒錯性的人氣。而且雪花又是直戳女性弱點的男裝美人。或許就跟加奈或克羅梅德爾一樣，雪花也天生擁有轉裝的才能吧。

我和亞莉亞為了不讓雪花發現而躲在佛堂竊聲交談——

「理子已經在著手準備第二、第三集的影片了。她打電話給雪花，教她怎麼用手機拍影片並如何用附加檔案的方式寄送電子郵件，結果在昨天晚上似乎就已經拿到影片素材了。現在她付錢給情報科的貞德，正請對方跳接剪輯和加上音效，把影片編輯得更精緻呢。」

「該死的理子……明明要她做的事情老是拖拖拉拉，不希望她做的事情卻反而這麼有效率。雪花要是有個發言不當，搞不好會遭到各處控告啊。必須趕快阻止理子才行。」

「要讓理子停下來可是比讓失控的新幹線停下來更困難喔。我覺得倒是帶雪花看看現代的日本，讓她更新思考方式的方法會比較好吧？對她本身而言也是。」

「我前天就是那樣想，所以帶她到澀谷走了一圈，但結果卻不如預期。然後她就變成那個樣子了。」

「你已經跟雪花去約會了嗎！我說你呀，就算對方是美女，胸部又大，但她可是像你自家人姊姊的存在呀！說到底，你這個人就是每次都——」

亞莉亞頓時露出凶神惡煞的眼神揪起我的耳朵，老樣子開始對我說教起來，於是……

「不，關於這點啊，雪花是個男的。」

「你在講什麼啦？」

「她雖然身體是女性，但精神上是個男的。似乎是為了讓她可以使用ＨＳＳ進行戰鬥而在戰爭時期受到洗腦的樣子。」

我為了保身而如此說道後……

「為了戰爭……？不行呀，那樣根本是忽視人權。必須為她想想辦法才行。」

由於亞莉亞抱有西歐式的價值觀，認為（除了我以外）全世界人的自由與人權都應當受到保護，而對於雪花的事情也表現出同情的反應。

「這種事情會有什麼辦法解決嗎？等等，妳這樣講我就想到了，雪花是因為很男性化所以受到女性喜歡對吧？那麼如果有辦法讓她變得女性化，或許現在那些粉絲就會離她而去，讓影片的觀看次數不再繼續增加吧。」

「嗯～雖然不試試看也不知道啦……不過只要觀看次數不再增加，理子應該也會失去幹勁。好，基本上的想法我贊成。這也是為了雪花。」

就這樣，遠山兵曹長與神崎中尉為了使大本營轉換方針而開始暗中行動了——

『立正站好！感謝臣民好評，第五集來了。這一集的主題是關於愛國心。』

雪花利用三腳架自己拍攝的影片——觀看次數的增加速度一集比一集快。如今的她可說是人氣直升的新秀YouTuber了。

雖然剛開始的觀眾主要都是把雪花當偶像追的女生們，不過自從影片被轉貼到niconico動畫之後，男性粉絲也急速增加。在推特上也開始出現像是『雪花醬好美！』『雪花花的胸部強！』等等數也數不清的雪花萌推文，而雪花每次在影片開頭大叫的『立正站好！』甚至還一時登上過熱門關鍵字。這國家真的沒問題嗎？

如今在YouTube的留言欄上，有許多人從各種觀點討論著雪花。從廣告趨向看起來，YouTube官方似乎認為她是這種風格的藝人——不過舊日本軍狂熱群的觀眾則是『這並不是喬裝或模仿。』『簡直不敢相信，她是真正的軍人啊。』地，對於雪花身為軍人的完成度感到驚嘆與佩服——畢竟她真的就是軍人嘛。一部分的知識分子也開始在網誌上寫道『對於她的發言究竟應該取笑還是深思，實在讓人猶豫。』『她給了我們一個契機，對現代的社會、軍事與國家觀重新思考。』等等的評論。

然後今晚，在遠山家的客廳——

「頻道訂閱人數突破三十萬，萬歲！中校閣下，萬萬歲！嘻嘻！」

「哈哈哈！大家儘管享用吧。」

又跟亞莉亞一起來訪的理子說影片的廣告收入進了一百萬元之多，所以叫來了多到矮桌都擺不下的外送壽司。一升瓶的大吟釀酒也堂堂登場。

爺爺奶奶則是「嗚嘻嘻，姊姊妳是幹了什麼壞勾當賺大錢了是吧？雖然老子還是照吃不誤啦。」「壽司這種東西好久沒吃了呢。」地表現得很開心。還真悠哉啊。

（原來 YouTuber 這麼賺錢……我要不要也來投稿好了。像是「徒手把飛來的子彈接住」之類的……）

我一邊想著這樣的事情，一邊享用用壽司桶送來的壽司。美味。太美味了。壽司，太棒啦。壽司，神啊。雖然我不是在仿效雪花的發言，不過能生在日本真的是太好了。而就在我用溼巾擦拭著開心的淚水時——

「雪花，雖然被妳請客時講這種話很奇怪，不過妳的影片，讓我有點在意呢。」

大概連味覺都像小孩子而只吃玉子燒壽司跟鮭魚卵壽司的亞莉亞，忽然講出這樣一句話。

……有點在意？對我來說，那些影片倒是不會感到在意的部分還比較少哩。

「哦？那是什麼意思？」

雪花一臉輕鬆地拿著酒杯如此說道。

「妳那些滿嘴日本軍風格的演說，雖然感覺有一半是發自內心在講。可是我的直覺總覺得，妳更重要的目的只是想要讓自己的樣子被更多人看到而已。」

對於亞莉亞這樣的發言……

「衍葉義凹吳世襖是娃（點閱率高不是好事嗎）！」

嘴巴塞滿壽司的理子大聲抗議起來。拜託妳把食物吞下去再講話行不行？

「讓自己的樣子被更多人看到——也就是增加觀眾人數，正如峰少尉所講是好事一件。畢竟可以賺到錢呀。」

「不。妳對金錢根本沒興趣。妳現在這樣跟我裝傻，反而讓我更確定了。**妳投稿影片的行為背後另有目的**。」

就在亞莉亞如此說道的時候……現場忽然出現銳利的殺氣。

雪花雖然連視線也沒動一下——但我可以知道她把注意力放到自己軍服中的手槍。而身為亞莉亞搭檔的我也可以感受到她在那樣的殺氣下，反射性地把注意力放到自己裙子底下的手槍了。

什麼？到底怎麼回事？妳們兩個也太恐怖了吧。別這樣行不行？

但是……

亞莉亞剛才說過那是她的「直覺」。是遺傳自她的曾祖父——名偵探夏洛克・福爾摩斯、正確率百分百的直覺。亞莉亞即使不會推理，也擁有能夠跳過推理步驟直接看穿真相的超級直觀能力。

「什麼目的？」

被擦碰到那個真相的雪花……

「什麼目的？」

以及擦碰到真相的亞莉亞，兩人用同樣的一句話互相應答。而她們彼此大概都達到了這段應答的目的。雪花確認了亞莉亞還沒有掌握到她播送影片是為了「什麼目的」，而亞莉亞也確認了雪花隱瞞了什麼事情。

就在這樣的應答之後，雪花保持銳利的眼神盯著亞莉亞——咧嘴露出冷笑：

「這是特密。」

妳要是敢礙事，就殺了妳。隨著日本軍人的冷酷態度——即使沒有講出口，也能清楚感受到她這樣的想法。

就在這時……

（——玲一號作戰……）

我想到這個暫時被我遺忘的作戰名稱。

雪花曾經以完成這項作戰為目的。主張「軍令是絕對」，帶著不惜任何犧牲的態度。而她如今展現出「不惜把妨礙者消除也要堅持執行」的意志投稿影片的行為——遊一號作戰，其實是玲一號作戰的一部分。她口中說要「改正這個國家」其實只是在騙人，或者只是順便的目的罷了。

我由於見到雪花對現代的各種事物天真無邪地感到驚訝的模樣，以及她在澀谷那有點沒出息的表現，結果就大意了。雪花可是曾經一時稱霸過東亞與西太平洋的舊日本軍之中的一員，但我卻欠缺了這樣的意識。不，搞不好是雪花透過巧妙的誘導手法讓我欠缺這種意識的。

不可忘記，雪花她還在參與戰爭。

她的戰爭還沒有結束。

（戰爭……）

——不行。無論如何，無論任何狀況，戰爭都是不行的。

我們日本人從那場戰爭中學習到最重要的事情，就是這點啊。

「呃、喂，別這樣。姊姊妳這個人就是動不動便吵架打架的。」

爺爺察覺到危險的氣氛而如此說道，於是我趁機假裝若無其事地……

「就是說啊。亞莉亞妳也別這樣，會讓壽司變得難吃啦。比起那種事情，來討論下次要投稿的影片內容吧。每次的背景都是我們家的凹間也會讓人覺得膩。下次要不要改到街上去拍片？」

把上次我跟亞莉亞講好「重新帶雪花到現代的街上看看，讓她改變想法」的計畫提了出來。

沒錯。現在的日本——擁有一項比雪花在第一集影片中提到的各種優點還要更出色的優點，那就是和平。一如「和**平**達**成**」之意，平成時代的日本甚至連要掀起戰爭的念頭都沒有。所以就讓雪花多看看那樣的狀況，感受到自己還在獨自進行戰爭是多麼空虛的行為吧。

這就是我們想到的結束戰爭計畫。

「拍外景，好耶！理子喜歡！反正現在也有預算，就跟雪花花到街上去盛大搞一番吧！順利的話頻道訂閱人數搞不好可以衝上五十萬喔，中校！嘻嘻嘻！」

幸運的是，理子對這項提議也大表贊成──

「……嗯，既然峰參謀這麼說，也好。」

而雪花也表示同意了。

好，這次絕對要加把勁讓雪花喜歡上現在的日本。上次是因為根本不擅長帶女性出門的我負責招待所以失敗了，但這次有亞莉亞跟理子在啊。

在同伴的協助下，一定要讓雪花改變她的價值觀，從戰爭轉為和平才行。

由於理子似乎莫名受到雪花賞識或者說中意，於是我和亞莉亞為了先把理子拉攏為自己人──而在隔天下午把她叫到了巢鴨站前的麥當勞。

「主張內容先姑且不談，但那些影片太過嚴肅了。外拍地點還是選擇明亮流行的場所比較好吧？像原宿怎麼樣？雖然金次在澀谷會迷路，但原宿你就熟了吧？畢竟你以前似乎受騙上當買下一間包子工廠，在那地方待了一段時期嘛。」

不知為何背著一個背包登場的亞莉亞，一邊吃著起司堡一邊開始討論起拍片計畫……

「妳就不能講好聽一點嗎……TBJ後來可是變得生意興隆喔！」

「原宿好耶！想不到亞莉亞也能提出這麼棒的點子！」

把薯條直接從紙盒「唰——」地倒進口中，像栗鼠一樣鼓著臉頰的理子立刻表示同意。

亞莉亞的這項提議其實背後還有另一個目的，就是把為了戰爭而被培育得男性化的雪花帶到女生感比較強烈的街上，對她進行某種意義上的復健治療。不過……

「以雪花花的外拍地點來說，原宿也很有意外性，感覺不錯呢。而且女性粉絲們肯定也會很高興。好～！那麼就到東京以外的觀眾們也知道的場所——竹下通吧！」

這項原宿外拍提案，似乎也符合理子的拍片方針。真是太幸運了。

「既然難得要去女孩子的街上，讓雪花也穿上女生的衣服如何？」

亞莉亞為了讓雪花女性化而表現得有點過急，然而……

「亞莉亞妳是怎麼了！簡直難以相信妳會提出這麼棒的點子呢！如此一來對男性粉絲們應該也能展現出反差萌的一面喔！理子剛好也在思考靠現在的影片風格可以擄獲的頻道訂閱數到達瓶頸之前要讓雪花花展現不同的魅力呢～！嘻嘻嘻！讓男性化的女生淪落為雌性的作品，理子超喜歡的呦～」

雖然最後那部分讓我聽不太懂，但理子對這項提議似乎也樂於接受的樣子。

「女生的衣服……是要讓她穿什麼啦？」

「我想說如果是跟我們一樣的水手服，雪花應該也比較不會感到抵抗，所以把這個拿來了。」

亞莉亞說著，從背包拿出來的是……裝在一個塑膠袋裡的……喂！

「那不是克羅梅德爾的衣服嗎！為什麼……！」

「因為如果拿我的備用制服，雪花也穿不下吧？」

「不是那個問題啦！為什麼妳會知道我新家的住址！」

「也就是說，你果然是想瞞著我囉？等下給你開洞。我其實早就知道了。因為白雪以前好幾次在深夜打騷擾電話來講一句『我知道小金現在的住址喔』就立刻掛斷——所以之前潛入阿尼亞斯學院的時候，我就把貼在你寄送行李上的宅配單拍照下來，跟她說『我也知道住址了！』結果她當場很不甘心地啃咬牆壁，後來就沒再打騷擾電話來了。另外我今天早上去你那棟公寓的時候，有看到ＧⅢ他們被一個拿著ＡＫ４７的女人追著到處跑喔？」

……夠了……我已經……什麼都無所謂了……

……話說，啃咬牆壁是要怎麼辦到啊……

「理子也知道欽欽在台場的家喔！上次理子問過金女，然後也告訴蕾Ｑ了！好～！言歸正傳，雪花花的外拍服就決定是水手服了！盡情擄獲男性觀眾的心吧♪」

我在台場的住址情報完全被巴斯克維爾小隊的成員們掌握，讓我又有想搬家的念頭了。不過那件事情暫且先放到一邊，我和亞莉亞她們接著一起回到了遠山家。為的是把原宿外拍的事情告知雪花。

我們找到大概是很喜歡檐廊而跪坐在那裡喝茶的雪花後……

「雪花花中校閣下！下次的影片拍攝決定要出征到原宿方面了！另外也準備了拍片用的服裝，請試穿看看吧！」

理子雙手敬禮如此說道，我則是把裝有武偵高中制服的塑膠袋遞給雪花。

於是雪花稍微抬起軍帽的帽簷，從袋中拿出上衣攤開……

「唔，雖然深紅色感覺有點奇怪，不過是海軍服啊。」

畢竟水手服本來就是日本海軍也使用的服裝，因此她對於上衣表現出可以接受的反應。

然而她接著從袋子裡拿出百褶裙後……

「本人拒絕。準備褲子來。」

立刻如此把臉別向一旁了。

「咦咦～！雪花花穿嘛，穿水手服嘛～水手服可是人類創造出來最出色的文化喔？理子甚至認為，地球上的女生們三百六十五天全部都應該穿水手服的程度喔？理子想看雪花花穿水手服啦～呼哈呼哈。」

「本人不會扮女裝。拍片時本人照樣穿這套第二種軍裝就好。」

或許一方面也因為理子異常的水手服推銷很噁心的緣故，雪花依舊別開臉。

不出所料。畢竟諸星董事長也有說過，雪花似乎認為軍裝打扮是一種自我認同。而且她在年齡上穿水手服也有點、或者應該說相當勉強。

「我認為這應該會很適合妳喔？」

「……」

亞莉亞雖然也開口勸說，但雪花默默不語，臉也不轉過來。

「……」

「……」

理子和亞莉亞互看對方，聳了一下肩膀。現場頓時變得一片寂靜，甚至可以聽到不知何處傳來「咕、咕」的鴿子聲。

「哎呀，既然她本人不想穿，勉強人家也不好。我把衣服送回台場吧。」

認為關於服裝的事情或許再等一段時間也好的我——將從配音員朝日向胡桃到恩蒂米菈總共有四個人穿過的水手服裝回袋中，準備拿走。

結果……

「——等等。」

雪花忽然把我叫住了。雖然臉依然朝著庭院的方向。

「什麼啦？」

「雖然本人確實很不想穿裙子，不過既然你們都說到這種地步……那個……都難得帶來了。這是，呃～……想必是出自善意，想要讓本人的影片呈現出多樣性吧。對於那樣的善意卻不由分說地冷漠拒絕，有違至誠。也就是不符合五省之一，亦即不符合軍人魂的行為……」

她怎麼莫名開始嘀嘀咕咕地講出了一堆話，但我聽不太懂啊。

「所以妳到底想怎樣？」

「——本人就穿吧。但只是試穿一點點喔。」

穿衣服哪有什麼一點點不一點點的？不過雪花把軍帽重新戴到深得讓人看不到表情的程度，站起身子，從我手中把裝有水手服的塑膠袋「沙！」地搶走……從檐廊快步走進客房去了。搞什麼，到頭來她還是願意穿嘛。

理子說著「雪花花閣下～請讓理子幫忙您穿吧～！」並小跳步跟著進入客房後，客房的拉門便「唰！」一聲被關上。

「總覺得……雪花看起來好像很開心的樣子？」

「有嗎……？」

我和亞莉亞如此交談並過了三分鐘左右後，便聽到理子「咪啊啊～！好帥好可愛！雪花花大人太棒啦！」的興奮叫聲與拍手聲。接著……

「——穿上啦。這下你們滿意了吧。」

拉門被用力打開，整齊穿上武偵高中水手服的雪花站姿筆挺地現身。雖然或許是身為軍人不願妥協的緣故，依然固執地戴著軍帽並佩著軍刀就是了。

「唉呦，果然很適合妳嘛。」

「真的，看起來威風凜凜啊。」

無關乎矯正雪花性別自覺的事情，我和亞莉亞都很自然地說出了這樣的感想。用恍惚的表情從客房爬到檐廊的理子也雙手豎起大拇指。

水手服是一種很神奇的東西，身材嬌小的亞莉亞或理子穿起來會給人可愛的印象，可是像雪花這樣身材姣好又高挑的女生穿起來卻又會很帥氣。

水手服衣領讓長袖上衣看起來清爽，撐起防彈布料的雙峰之間通過的領巾也很符合雪花給人的印象。

然後——應該是理子幫忙從腰帶的部分捲起來縮短長度的裙子，也完美襯托出雪花修長的雙腿。從穠纖合度的絕佳大腿一直延伸到細長小腿與腳踝的線條美，甚至讓恐懼女性身體的我，都不禁覺得她至今的人生中都把這樣美麗的雙腿藏在褲子底下，是一件非常浪費的事情。

「嗚嗚，理子感動得都要哭出來了。水手服果然是最頂級的服裝，然後雪花花中校是永遠的最佳水手服代言人，是水手服的女神大人呀～！」

理子像個殭屍一樣抱住雪花的腿，用臉頰磨蹭。她喜歡角色扮演是眾所皆知的事實，不過其中對於水手服似乎有什麼特別的感情。既然那麼喜歡，反正妳自己也有穿在身上，就一直待在鏡子前面欣賞不就好了？

被理子糾纏的雪花露出傷腦筋的表情紅起臉頰……

「峰少尉，妳太噁心了！不要把本人、當女性看待！嗚嗚……果然……果然本人還是穿回軍服好了！裙子穿起來太彆扭了！」

並說出了這一句話，可是……

「唉呦？只是因為被當成女性看待就不穿了？」

「妳就沒辦法忍耐嗎？軍人魂到哪裡去了？」

在亞莉亞和我的搧風點火下……

「什麼……？本、本人才不會為了這點程度的事情就動搖！下次本人就穿這套衣服，看是要拍片還是怎樣都可以！」

雪花用力張開雙手雙腳，擺出主張『本人才不害臊！』的動作。唉～還真好騙啊。

正當我這麼想的時候，站在我正前方的雪花透風性絕佳的裙子在一陣秋風吹拂下——

——沙——

（……嗚……！）

由於雪花還穿不慣裙子，完全不懂得防衛，結果惡作劇的一陣風把她的裙襬吹到前方完全掀開——

「——！」

即使是把自己認為是男人的女性，遇上這種事情似乎還是會感到丟臉的樣子。雪花霎時臉色發青地壓住裙子……但為時已晚，我已經目擊到了。那個又薄又細、荊棘花紋的純白蕾絲。而且因為雪花雙腳張開的緣故，讓那前方一覽無遺……！

我雖然之前也有目擊過雪花穿內衣褲的樣子，然而那是全裸的身體只穿著內衣褲的模樣，是在她本身沒有意思要遮掩的狀況下。就算是看到同樣的東西，如果是原本藏在裙子底下，而且在違背她本人意思的狀況下看到，就會乘上一種悖德感而增加爆發性血流。如果對象是像雪花這樣自尊心高的女性，又要再乘上一種施虐感。最後得出來的積……計算結果出來了。沒錯，是危險血量……！

然而臉紅的我卻又頓時臉色發青了，因為——

「——你這傢伙！竟然用那種眼神看待親族，是貓狗畜生嗎！」

雪花與我相反，臉色從青轉紅，「鏘！」一聲把軍刀拔出來啦！

由於爆發了短短一瞬間而成功施展空手奪白刃撿回一命的我，後來被雪花囉囉嗦嗦「你這傢伙竟然把本人當成女人看嗎！本人是男的，就算當成女人看也是個男人婆。男人不可能對本人起色慾才對。給本人去心理醫院好好接受治療！」地說教了好幾個小時，而且那段時間都被迫一直跪坐，害我到了隔天的現在——已經是準備出門前往原宿外拍的時間，膝蓋還痛得受不了。

另外，在開始外拍之前，我為了別的事情必須先和亞莉亞碰面討論。雖然在美國發生的事情我都透過電子郵件簡要告訴過亞莉亞，不過關於那之後的各種問題……亞莉亞也同樣囉囉嗦嗦「你明明是偵探科出身卻總是不會好好查證現場，才會每次都被敵人先下手為強啦！」地對我說教了一番。因此這次要針對拉斯普丁納之戰，以及恩蒂米菈與雪花的往返進行一場調查報告會。

從滿是女性而讓我個人覺得作嘔的ＪＲ原宿站竹下出口出來後，我進入一條小巷——到達紅茶店「CHRISTIE」門前。這是一間雖然遠比雪花的時代還要新，不過在這地方已經算經營了很久，充滿昭和古典色彩的店家。

店內深處有一塊較狹小的空間，很適於密談。而在那地方可以看到……擺有蘋果塔、烤起司蛋糕、黑醋栗紅茶的桌邊，坐著身穿武偵高中制服的亞莉亞、貞德以及不知為何會來的蕾姬。

於是我穿過音樂關係人談笑聊天的大廳，在明明是以紅茶出名的餐廳，卻偏偏點了一杯咖啡後——

「金次你遲到了。」

「是啦是啦。雪花似乎會跟理子等一下一起過來的樣子。貞德，上次在日暮里之後好久沒見啦。蕾姬是從赤坂以來吧。雖然那時候我見到的只有妳的 7.62mm × 54R 子彈就是了。」

前往美國之前在赤坂被蕾姬開過槍的我如此酸了她一句，但畢竟對方是蕾姬，始終只是把視線固定向正面或斜下方的虛空，連一句對不起也沒有。唉，算了，反正她是蕾姬嘛。

我在梔子花、橙皮與薄荷的氣味交融而充滿女人臭的桌子邊坐下來後，亞莉亞接著說道：

「我等一下因為一件緊急調查必須跟貞德一起到島根的神澱——超能力者特區，所以今天的外拍人手由蕾姬負責。她攝影技術很好的。」

我才想說蕾姬今天為什麼沒帶狙擊槍來呢。

不過跟亞莉亞比起來，蕾姬的暴力性比較低，因此我在內心不禁豎起了大拇指。

「那是無所謂啦……不過妳們是要去調查什麼？」

「跟超能力有關的事情。我聽玉藻跟伏見說，你包養的那個叫恩蒂米菈的女人——似乎跟拉斯普丁納交戰過是吧？」

「什麼包養，講得也太難聽了。順道一提，當時我也有在場跟她一起戰鬥，差點就死啦。」

「Très bien（做得好），遠山。拉斯普丁納是個惡名昭彰的魔女，在俄羅斯甚至是懸賞對象呢。」

就在我和亞莉亞交談的時候，貞德從旁說出了這樣一句話。

「什麼？那我要向俄羅斯政府申請賞金——」

「你又沒拿到證據。更重要的是這個。我在地下品川的現場採集到了這個遺留品。雖然大部分已經被當地居民們撿走，不過還是有微量殘留在很廣的範圍。另外我也畫下了現場的素描。」

貞德如此說著並拿給我看的——是裝在一個小壓克力盒中的粉末。

粉末閃閃發亮，外行人也看得出來是金粉。而且從發亮方式看起來應該是純金。

另外我稍微瞄到她翻開的素描簿上，畫有一幅如果直視搞不好會對精神造成負擔的鬼畫符，於是用一句「我當時就在現場，不用給我看沒關係」制止她了。

「拉斯普丁納是個感覺像守財奴的女人。大概是把純金當成財產隨身攜帶吧。」

「雖然確實有可能是兼當財產，不過據我調查——這金粉上施有某種未知的魔術。我也請白雪幫忙確認過。換言之，這應該是她當成魔術媒介的素材。另外，恩蒂米菈跟伏見她們在海螢火蟲製作魔法陣時，使用的金粉跟純金絲也施有同樣的未知魔術。」

未知的、魔術……

「從恩蒂米菈留下來的筆記可以知道，那是『時空操控術』的一部分。然而那個魔術所採用的是無論東洋或西洋都找不到類似案例的手法。從這些純金可以得知這點。這暗示世界上某個地方存在有依然不為人知，但經歷過上千年鑽研出來的高度魔術體系。我們就是為了調查這件事情而前往特區。」

聽到貞德偶然說出口的「千年」這個關鍵字——我頓時想起瓦爾基麗雅的長槍術。那同樣也是不存在於任何文化，但如果要從一構築起來必須花上千年歲月的招式系統。

N和許多擁有這類未知技術的存在有關聯。屬於「這邊」的我們所不知道的那些技術，我猜想應該就是雪花也曾經去過的「那邊」……也就是「玲」的文明吧。

「我想你應該不曉得，所以補充說明一下：所謂的超能力者特區是指有大量魔女居住的小鎮或村莊。雖然這種事情並沒有被大肆公開就是了。這次白雪也會跟我們一起過去，而她的故鄉星伽在行政劃分上也是一個特區喔。」

我聽到亞莉亞這段話，雖然「是喔」地冷靜回應並喝了一口咖啡，但其實內心忍不住叫好。太好啦！雖然理子跟蕾姬留下來，不過亞莉亞跟白雪都會離開東京了。這在爆發性保安上是非常好的一件事。啊，可是還有雪花……

「你幹麼一下傻笑又一下沮喪的啦？」

「呃、沒事，這是臉部的肌肉運動。最近我運動不足啊。」

「……噁心……話說這些金粉，讓我感到很在意呀。雖然你大概已經徹底忘記我有委託你協助調查，不過N也有從英國盜竊了大量金塊的嫌疑。在這點上我也打算去調查看看有沒有什麼關聯性。」

亞莉亞說得沒錯，我完全忘記了。這麼說來確實有這麼一回事。今後要是在事件現場發現有黃金掉落，我要記得撿起來才行。畢竟黃金價格攀升，可以換錢……不對，是為了協助亞莉亞的調查，以免被那兩把現在也露底槍出來、動不動就發射子彈的 **Government** 狠狠修理啊。

下午四點——我和表情呆滯地站在一旁的蕾姬，一起在原宿車站前等到了理子和雪花。

雖然這個時段的竹下出口總是人滿為患，但畢竟理子那滿是荷葉邊的改造制服與雪花的軍帽跟軍刀都很顯眼，所以我們很快就找到人了。

「妳很棒嘛，雪花，有乖乖穿水手服過來。這位是我學校時代的同期，叫蕾姬。今天她負責攝影。」

「嗯，多多關照。」

雪花的反應……雖然說和善是很和善，但感覺有點冷淡。就外表上看起來，她的好感度大概是理子、亞莉亞、蕾姬的順序吧。

理子接著把隨身式攝影機交給蕾姬後，蕾姬便像個狙擊觀測員般拿起攝影機——超強的，鏡頭居然完全不會上下晃動——然後我們便進入了到處都是女高中生的竹下通。

與車站幾乎直接相連的竹下通是原宿的主要繁華街之一。雖然路面不算寬，不過整個白天都是行人專用區。道路兩旁林立各種販賣五顏六色的衣服或裝飾品的店家，也可以聞到外帶專用甜點店飄來的甘甜香氣，是個從外地來校外教學的國高中生或外國旅客也會來訪的著名觀光勝地，因此應該也很適合當成外拍地點吧。

「竹下町原本應該有前海軍大臣米內閣下的宅邸才對……如今卻完全變了樣啊……海軍軍官會館和東鄉神社還在嗎？」

看來戰爭時期這一帶原本是跟帝國海軍關係深遠的地區——現在卻變成了「可愛時尚」聖地的七彩原宿，讓雪花感到難以適應的樣子。

「妳說的那個什麼會館我是不曉得啦，不過東鄉神社還在喔。啊，那是竹之子服飾店，在昭和時代中期掀起『竹之子族』風潮、專賣誇張鮮豔服飾的店家。那邊那個掛了很多帥哥寫真照片在賣的，是傑尼斯系偶像的精品專賣店。從昭和末期到平成初期，這裡有很多販賣明星藝人商品的店家，而那間店似乎就是從當時延續下來的。」

我把以前經營TBJ時調查過的原宿戰後史告訴雪花。

「像BODYLINE啦、LIZ LISA啦、Closet Child啦，現在可是蘿莉塔大流行的時代呢！竹下通不但物價便宜又好懂，逛起來很有趣喔！」

理子也對現代的這條街很熱心地不斷介紹，至於蕾姬則是始終默默不語地跟在一旁攝影而已。

「這景象簡直有如淺草的仲見世通商店街。不過女學生們各個都露出大腿走在街上……果然還是、很不檢點……啊。」

雪花似乎依舊對於女性把腿露出來的事情很看不慣而開口批判，但講到一半發現理子看著她同樣從裙子底下露出來的雙腿，頓時變得沒什麼氣勢了。雖然臉頰變得有點泛紅，不過並沒有像之前在澀谷中央街那樣表現出焦躁的感覺。甚至反而抬起軍帽的帽簷，比我預想的還要仔細地觀察著街上的景象。

接著我們來到香氣撲鼻的可麗餅店前時……

「好～！那麼就來拍攝街拍影片的典型橋段——邊走邊吃吧～！首先來拍雪花花吃原宿Sweets的代名詞——可麗餅的模樣！」

理子以陳列上百種可麗餅樣品的展示櫃為背景，笑容滿面地張開雙臂如此說道。

然而雪花卻當場嘴角下垂，瞪向可麗餅店……

「Sweets……也就是甜點、西洋點心的意思嗎？本人雖然也有吃過長崎蛋糕和西伯利亞蛋糕，但這種色彩輕浮、讓人搞不懂是什麼玩意的點心怎麼可能吃得下口？如果是美國小女孩就算了，堂堂日本男兒不可能吃這種東西。更何況居然還要邊走邊吃，簡直不像話，太沒規矩了。」

她說著，幾乎把雙峰往上抬起似地將手臂交抱在胸前，很不領情地把臉別開。

但是這樣就沒辦法拍影片了，於是……

「顏色怎樣根本無所謂吧？我之前在無人島上甚至吃過藍黃斑紋的魚喔。而且以前日本軍在遇到被敵人追擊或是行軍無法停下腳步的時候，不也是邊走邊吃隨身糧食嗎？」

「不好意思～！我要一份焦糖蘋果起司蛋糕奶油可麗餅，五彩巧克力米跟彩虹穀物圈都要加量喔！」

我和理子決定來硬的──直接跟可麗餅店的打工大姊買了一份看起來又大又甜膩，味道超香又撒滿裝飾點心的可麗餅。

理子接著把那可麗餅硬塞給雪花，結果雪花不得已收下後……

「這種東西……這種……東西……」

她雖然露出一臉想吃的表情看著手中的可麗餅，但遲遲不肯吃進嘴巴。而蕾姬始終默默地拍著她那個模樣。理子則是自顧自地又買了一份草莓果實搭配草莓冰淇淋的可麗餅，滿臉愉悅地自己吃了起來。

「……」

雪花捧著花束般的可麗餅，看看理子又看看周圍開開心心吃著可麗餅的女高中生們……軍帽底下的額頭漸漸滲出汗水。

然後彷彿在否定自己的行動般緊閉起雙眼——

「……這種、輕浮的玩意……在路邊、吃這種……這種……」

「……」

微微張開嘴巴，咬了一小口塗有焦糖醬與生奶油又撒了五彩巧克力米的可麗餅。

接著，她陷入沉默……全身僵住不動了。於是……

「雪花，妳怎麼啦？」

我想說這樣影片會變成靜止畫面，而叫了她一聲後……

「……呼哇啊啊……啊……！」

雪花忽然發出比平常高了八度音、完全像個女孩子的歡喜聲音——害我當場嚇了一跳。

然後，她露出眉毛保持凜然但神情有如花朵綻放般亮眼的笑容……

「美味！太美味了！而且甜得教人難以置信！彷彿有一股力量從胸口深處滾滾湧出！實在太出色了！可麗餅可謂是極致的攜帶口糧啊！萬歲！」

不知為何忽然高喊萬歲起來。而理子也「萬歲～！」地一手拿著可麗餅附和雪花，周圍的女高中生們也很愉快配合地跟著喊萬歲。這到底是什麼狀況啦……

後來，雪花在「調查哪些食物適於當成軍糧」這種莫名其妙的名義下，從格子鬆餅、珍珠奶茶，到蛋糕棒棒糖、糖衣甜甜圈乃至連我都覺得色彩很誇張的彩虹棉花糖等等，不斷地吃，不斷地吃。

據說戰爭時期的人對於甜食非常渴求，再加上現在又體驗到從前所沒有的高糖度與新風味的甜點……似乎讓雪花陷入味覺計測值破表的狀態了。到途中她甚至都忘了要裝模作樣，跟著理子一起笑咪咪地享用起各式甜點啦。

多虧如此，讓我們充分拍到了必要長度的影片——結果心情鬆懈大意之下，我和理子兩人各拿著一支冰淇淋，邊走邊聊著「偶像的『生寫真』到底什麼是『生』的啊？」「聽說是為了跟印刷品作區別所以那樣稱呼的喔～」之類話題……到了竹下通大約中央部分時……

「咦？雪花花跟蕾Q呢？」

理子飄著她一頭捲捲的秀髮東張西望起來。我聽她這麼一說才發現，雪花跟蕾姬不知不覺間走散了。

雖然竹下通本身是一條沒有彎道的直路，但途中有幾條往左右兩邊分岔的小巷。要是她們彎進那些小巷可就麻煩了。於是我準備拿出手機時——啪！爬呀爬……

「呃、喂……！」

「嗚嘻嘻！哦～好高好高～！嘿！我看到雪花花的帽子囉！」

理子忽然像隻小猴子一樣往我身上爬，擅自跨坐到我的肩膀上了。接著把手掌放到眼睛上遮光，另一隻手用冰淇淋指向明治大道的方向——找到了雪花。在這點上是很好啦，可是……

（……嗚……！）

就在我扛著理子的雙腳還感到一時困惑的時候，她滿是荷葉邊的改造制服裙前側蓋到了我頭上。理子有種法式習慣，會在裙子內側噴微量的香水，結果那香氣跟理子大腿散發出的香草牛奶氣味交融……讓我的頭部被竹下通的任何甘甜香味都比不上的甜膩女生氣味籠罩。要是現在不小心深呼吸一口，可是會當場直衝腦頂，搞不好瞬間就引發對卒啦……！

「好~向前出發！理子懶得走路了，所以欽欽就這樣扛著理子走吧♪」

理子說著，開始擺動兩腳，讓我甚至都能看到她的膝蓋背面——膚質有如絲絹般的白皙大腿順勢往我的左右耳朵與臉頰摩擦，或者應該說是搓揉磨蹭。這樣很糟啊！

「給、給我下去……！為什麼要忽然把我的頭套進妳的裙子裡！」

「討厭啦~那講法好色呦~理子只是鑑於需要才爬到欽欽肩膀上的，欽欽卻在想色色的事情嗎?真的好色呦~嗚嘻嘻……」

理子察覺到我內心的慌張，嘻嘻笑著把上半身往前彎下來，用上下顛倒的小惡魔笑臉看向我。結果讓我已經被裙子包圍的頭部，又被她的金髮形成的簾幕雙重包圍起來了。

嗚嗚，又溫暖又柔軟的感覺。我的眼睛、耳朵跟鼻子都遭到理子支配。在這種到處都是人的場所。不過——我脖子以下的部分可是自由的！

於是我用後背摔的招式把理子往後摔……之前，理子就像跳箱子般「啪！」地跳過我的頭頂落到前方地面上。結果我就一個人沿著拋物線往正後方倒下，腦袋直接摔在柏油路面上了。

「雪花花～！」

理子接著用輕快的腳步蹦蹦跳跳往前走去，我則是腳步蹣跚地撥開路上的女高中生們追在她後面……便看到雪花像是躲著我們似地偷偷瞄著一間時尚品牌商店，蕾姬則在她後方默默不語地拍著她那個樣子。

我還想說那究竟是什麼店，原來是一間叫 Silky Ange 的女僕服裝專賣店。店頭展示的假人身上穿的不是那種質料輕薄感覺廉價的角色扮演服，而是布料紮實的手工製正統派女僕裝。畢竟現在女僕裝已經不只是熱潮流行而是一般典型時尚了，因此這裡大概是一間以質取勝的品牌商店吧。價格感覺也偏貴的樣子。

「……可惡……本人的訓練還不足啊……」

雪花很明顯在盯著那些對我來說就算穿在假人身上，也難以直視的可愛迷你裙女僕裝……可是卻莫名保持著一段距離。既然想看就進店裡去盡情欣賞不就好了？而且她不知道為什麼臉紅得不得了，軍帽底下還汗水直流。到底是怎麼回事啦？

「哦哦～雪花花真有眼光。Silky Ange 是一間全店商品日本製，而且是最高品質的店家呦。」

「妳喜歡嗎？如果只是試穿不用錢喔？」

我們上前如此搭話——結果平常對於有人接近的氣息總是能敏銳察覺的雪花，竟「哇啊！」地嚇得全身跳了起來。接著就像要抓住什麼看不見的流星雨般飛速甩動手臂。有什麼事情需要那麼慌張嘛？

「——蠢貨！那、那種、像是下流咖啡店的女人會穿的丟臉衣服、本、本、本人怎麼可能會想穿！再說，本人是男的啊！」

明明身上穿著水手服，一頭黑色長髮與白色紙緞帶跳呀跳地，又有一張堪稱超級的美女臉蛋，雪花依然捶打著我並大聲主張自己是個男的。

這下我總算理解——她肯定是很想穿穿看那些女僕裝。但由於她自認是個男的，所以無法允許自己做出那種行為。畢竟那和我們說是為了拍片而要求她穿上的水手服不一樣，她無法認同自己有主動想要穿那種衣服的念頭。

雖然內衣褲或許是因為她那時代的日本還沒有像現代女用內衣褲形狀的玩意，所以她並不覺得怎樣。然而女僕裝則是從前的咖啡店——而且照雪花的講法聽起來，似乎是類似酒店的茶館——的女性服務生會穿類似的服裝，所以她很清楚地認知那是女性服裝，而覺得穿那種衣服很丟臉吧。

雪花在心靈上有男性與女性兩種性別，其中的男性是為了戰爭而被洗腦植入的虛假性別。她至今依然為了達成在那場戰爭中被上級吩咐的作戰計畫，不斷告誡自己是個男的。也因此，她現在為了壓抑自己內在真正的性別，也就是女性，而內心折騰到甚至汗流如雨。

雖然我並不是要認同亞莉亞的意思，不過我也對那樣的雪花感到同情起來——

於是我抓住她敲打著我的手，認真盯著她那對漆黑的雙眼……

「雪花，我認為妳是個女性。但既然妳自己主張不是那樣，我也沒有意思要針對這點跟妳進行沒有意義的爭論。但是有一點我要跟妳講清楚。既然妳是日本國民，妳就擁有自由。妳可以穿妳想穿的衣服，過妳想過的人生。男人穿女僕裝也不會犯什麼罪，軍方的作戰也是——如果妳不想做，就可以不用做了。」

我冷靜地如此告訴她後……

「……」

雪花挺直身子，緩緩把手收了回去。

然而……

她縮回去的手並沒有伸向女僕服飾店的店門，而是把她頭上威風凜凜的海軍軍官帽重新戴好。

——彷彿再次宣告主張：自己是男的。自己是軍人。

就在我對那樣的雪花感到有點傷腦筋的時候……

「咦！那不是雪花大人嗎！」

「真的耶！好棒，是本人呀！」

「而且穿水手服！好可愛喔！」

「我們有看您的 YouTube 影片喔！請問可以跟您合照嗎！」

走在路上的一群女高中生忽然圍到雪花面前，露出閃閃發亮的眼神，每個人手上都拿起手機。

看來她們是在網路上看過雪花的粉絲們。如果上傳的影片被播放過幾百萬次，像這樣走在街上也會巧遇觀眾嗎？YouTuber 真恐怖啊。

「嗚嘻嘻！沒～錯！今天我們是來外拍『雪花ｃｈ！』的影片喲～！大家儘管拍照然後傳到網路上，幫我們多多宣傳喔～！」

最喜歡受人注目的理子立刻朝女高中生們張開手臂，不躲也不閃地大肆宣傳起來。結果女生們頓時發出興奮的尖叫聲，朝雪花衝了過來。而我很不幸地被她們推開，一屁股跌坐到地上，結果就被「咦？是誰是誰？」「是 YouTuber 呀！」「啊！雪花大人！」一地陸陸續續蜂擁而至的女生們瘋狂踩踏，差點成了魷魚片。

相對地，雪花則是雖然一開始露出「？」的表情……不過很快又變得開心起來……

「哈哈哈！愉快愉快。感覺就像成了原節子（註3）啊。」

她如此說著，二話不說地同意女生們和她自拍合照。她果然對女生就很好啊，明

註3　日本戰爭時期前後的著名女演員。

明對我那麼嚴格的說。偏心不是好事！至誠不悖否！

還有蕾姬，妳不用再拍了，快來救我啊！

下午七點，和理子與蕾姬一起吃過豚骨拉麵後——我和雪花回到了巢鴨。

在遠山家換上軍裝，跪坐在夜晚檐廊的雪花……現在正用 iPhone 看著蕾姬上傳到雲端空間的影片。

我也從她斜後方一起看著影片中的雪花一身水手服打扮，開心地在路上邊走邊吃可麗餅與鬆餅，又和女生粉絲們親近地玩自拍。那模樣看起來完全是個自由的現代女生。

「今天妳覺得如何？」

被女生們踩得全身留下腳印斑紋的我在檐廊盤腿坐下，如此詢問雪花今天外拍的感想。

結果雪花也沒停下正在播放的影片，閉上眼睛好一段時間後……靜靜抬頭仰望秋季的明月。

那眼神彷彿在遙望遠處——不屬於此刻的時代，不屬於此地的場所。

「……本人很愉快。能夠和這個時代的人穿同樣的衣服，吃同樣的東西，度過同樣的時光。也讓本人明白了現在的日本人有現在的幸福，有現在的笑容。」

「竹下通已經變得不是海軍之街，會讓妳感到不高興嗎？」

被我如此詢問後，雪花搖搖她黑髮烏亮的頭——

「就算軍隊與戰爭被人們遺忘，只要現在的國民能過得幸福，本人便滿足了。畢竟無論是沉眠於大東亞的英靈們，或是為玲一號作戰賭上性命危險的本人，都是為了那樣的幸福而戰的啊。」

她說著，把視線放回 iPhone 的畫面。影片正播放到她為了女僕裝的事情敲打我的部分，而現實中的她面露苦笑看著那樣的自己。用一副看著只存在於那時候、那場所的——與自己不同的另一個人似的眼神。

「今天的事情，是一段美好的回憶。金次，讓本人向你道謝吧。」

從水手服換回軍服之後的雪花，臉上的表情溫和之中又恢復了身為軍人的氛圍。就好像剛才被我說服『妳已經自由了』之後，她露出的神情一樣。

不行，雪花。妳不能把畫面中的自己當成是不同人。那就是妳啊。

妳今天所接觸到的，是正確的東西。

那就是稱為和平或自由的東西，是在你們的犧牲之下建立起來的——雖然看似輕浮，但卻是非常正確而寶貴的東西啊。

所以雪花……

妳不能回到那邊去，要過來這邊才行。

「——雪花，妳把今天的事情當成回憶，接著又打算往哪裡去？難道還要遵從玲一號作戰……遵從戰爭時期的命令，繼續孤軍奮鬥嗎？」

「沒錯。看過槍口後面保護的人民們臉上的笑容，讓我的覺悟又更加堅定了。」

雪花站起身子，用如今已相當熟練的動作操作 iPhone——

「神崎中尉的敏銳直覺實在教人驚訝。正如她所感受到的，遊一號作戰的政治宣傳內容只不過是**順便**罷了。其真正的目的是讓全世界的人都能看到本人的樣子，以釣出某個人物的情報戰。然後值得高興的是——對方上鉤了。」

她咧嘴一笑，把 YouTube 的畫面亮給我看。

那是第一集影片的英文字幕版，底下的留言欄。在一堆與日文版的留言差不多內容，多半是對於雪花扮演軍人的完成度之高感到驚訝，或是對她的美貌大肆稱讚的英文留言之中……

「……？」

—— TXU HJK FAQRKSJG JRK ARLS JTN YKARK WOJ GJFEPXQ——

有一行讓人完全讀不出來，也搞不懂意思的文字列。投稿時間是今天傍晚。雖然也有可能是不小心把什麼共享連結還是什麼的文字列誤貼投稿，但那內容全部都是英文大寫，不包含任何數字或符號，而且中間還有空格也很奇怪。

雪花看到我對那段文字皺起眉頭後……

「DAS IST RAPUNZEL EIN VOLK EIN REICH EIN FUEHRER——元音變音會在母音後面加上E進行變換，因此第三十四跟三十五字要念作**Ü**。這是替換式密碼。」

替換式密碼……

將一個個字母替換成其他字母進行傳達的暗號，在解讀時需要知道解碼表才能對照。而從雪花知道那個解碼表並成功解讀了密碼、元音變音是日耳曼語系的符號，以及後半的標語『一個民族，一個帝國，一個元首』來判斷——

「……妳所說的『對方』，是納粹德國的關係人嗎？」

我抬頭如此詢問後，雪花點點頭。

「蕾芬潔上校——由於姓氏不明，故以名字加上階級稱謂如此稱呼，是一名女性軍官。為了完成玲一號作戰，本人必須盡早與她進行會談才行。然而如今德意志國防軍與武裝親衛隊都已經不在，讓本人苦惱於該如何取得聯繫……就在這時候聽你們提起YouTube的話題，而讓本人想到了能夠使自己的存在被包括德國在內的全世界看到的遊一號作戰。而就在方才，本人與對方透過電子郵件取得聯絡，對方表示會到日本來。」

——原來當時與日本是盟國的德國也有參與玲一號作戰嗎？

「……對方是什麼樣的人物？跟妳是什麼關係？我記得妳以前去過德國是吧？」

既然扯到那個時代的德國，只會讓人有種危險的預感。於是我有點驚慌地如此詢問後……

「是熟人。更詳細的關係則是機密。所屬的部隊可以告訴你到戰爭時期有公開的情報範圍。她過去隸屬於德意志第三帝國軍西方大管區的某個連隊。不，應該說她現在也還隸屬於那個連隊。」

西方大管區的、某個連隊，而且至今依然隸屬其中——

也就是說，那個連隊從納粹時代戰敗之後依然繼續在運作，而且成員中有女性軍人。那樣的部隊應該不會很多。

不，恐怕只有一個。

「……魔女連隊、嗎……？」

「哦？真虧你會知道。」

……！……

又在奇妙的地方有了關聯性啊。

魔女連隊是納粹德國的殘黨。戰敗後逃亡，現在是個恐怖組織，是在利比亞、伊朗、北韓之類的國家擁有人脈的祕密組織。主要成員有卡羯・葛菈塞與伊碧麗塔・伊士特爾等人，在極東戰役中與我們師團交戰過的事情依然記憶猶新。

雪花的遊一號作戰是玲一號作戰的一部分，而玲一號作戰是舊日本軍寄託於神祕學的作戰計畫。現在既然又和納粹軍神祕學部隊的後繼組織扯上關係——今後搞不好會搞出什麼事情讓事態越滾越大啊。

「魔女連隊的人——和我也有交流，現在的關係不算敵對。」

「什麼？原來跟你也有緣啊。真可謂家族的命運。」

「妳剛才說要跟對方會談是吧？妳們要在什麼地方見面？」

「……本人拜託諸星，在偏遠地區準備了一座山莊。畢竟蕾芬潔喜歡大自然，表示現在這個季節想要看看日本的雪景。而遇到盟國的軍官來日的時候也應當善盡禮數，在風光明媚的場所熱誠招待。不過這些理由——當然無論對方或本人都只是講表面話而已。畢竟上校現在部下不多，因此她想必是為了提防暗殺吧。而本人也不太想要把那個不算安全的魔女招待到帝都來。」

既然雪花會把這些事情都毫不隱瞞地告訴我，代表……

「……雪花，妳應該知道我想說什麼吧？」

「當然，你就跟著本人一起來吧。你與魔女連隊偶然有交流的事情——不知是上天保佑，還是遠山家的不幸。魔女連隊對於你和本人同是遠山姓氏的事情或許也會感到在意。到時候如果對方要求說明，你就把事實直接告訴對方沒有關係。不過……」

雪花講到這邊，細長的眼睛露出有點銳利的神情。

「如果發生戰鬥，你就在後方負責掩護，由本人親手了結。」

既然會講「如果」，就代表可能會發生那樣的狀況。

然後她說的「了結」並不是什麼委婉表現，就是指「殺掉」的意思。

……身為一名武偵，這下我也不能放著不管啦。

4彈　祖先遺產學會之花

雪花雖然對於現代的光景已經稍微習慣，說什麼『電車跟戰爭時期沒什麼太大差別』之類的話——然而隔天在上野車站的月臺看到上越新幹線還是當場嚇了一大跳。不過對於看慣東海道新幹線那種鴨嘴獸臉的７００系或Ｎ７００系車頭的我來說，圓眼睛圓鼻子的２００系車頭倒是看起來很古老就是了。

我與身穿白色軍裝的雪花一起坐在雙人座的位子上……

「這速度……簡直快得像在飛啊。車頭的形狀看起來也像飛機一樣。」

「據說一開始的新幹線，真的就是戰爭時期開發過軍用飛機的技術軍官設計的喔。」

我們如此交談著，從東京出發過了七十分鐘——抵達新潟縣的越後湯澤車站。

湯澤這塊地區是在川端康成的小說《雪國》中也被當成舞臺的多雪地帶。雖然像苗場之類的滑雪場還沒到開放季，不過今年的初雪似乎下得比較早。在沿著國道前往諸星集團擁有的山莊的路上，已經可以看到飛驒山脈被厚厚的白雪覆蓋了。

我和雪花穿過溫泉街，爬上柏油路鋪成的上坡道。隨著標高越來越高，周圍的山林不知不覺間變成了一片雪景。接著又小心翼翼地爬上被雪覆蓋的一條細小的私人道路，到了下午四點多……總算抵達雪花跟蕾芬潔上校的會談場所「燕峰閣」。

能夠將幾年前歇業的三國滑雪場一片銀世界盡收眼底的燕峰閣，規模比我想像的還要大了許多。與其說是山莊，根本就像一座和風的度假飯店。這裡由於是當成諸星集團的員工福利設施在經營，寬敞的入口大廳也打掃得非常乾淨。雖然因為不是休假期間所以讓我們得以包場下來，內部一片空蕩蕩的是件好事……但還是有在這裡工作的員工們。要小心別引起騷動拖累到他們才行。

雪花接著在櫃檯對身穿和服的女性員工指示說「如果有德國人訪客來就放行，但不准其他人進來」之後——

「那個蕾芬潔上校什麼時候會來？」

我看著手錶如此詢問雪花。

「據說是明天正午會抵達。今天咱們就在這裡過夜，養精蓄銳。話說金次，你會不會游泳？」

把軍帽夾到腋下的雪花忽然問起這樣奇怪的事情。

「……？呃，是會普通程度啦。」

「諸星事前有透過電子郵件把這裡的平面圖寄給本人，上面看起來這間旅館有座游泳池的樣子。在等待的這段時間，咱們來水練。」

「水練……游泳嗎？為什麼啦？」

有種要換泳衣的預感啊。真討厭。

「昨晚本人委託峰少尉幫忙準備了本人和你用的泳衣，你來當教官。跟你講個祕密，其實本人不太會游泳。」

「……妳不是海軍軍人嗎？」

我如此傻眼問道後，雪花頓時變得不太開心。

「由於在軍中只有本人的肉體是女性，就被大家排擠，沒能參加道海岸邊的水練。既然沒機會學習，不會游泳也是理所當然的。」

啊～……原來如此。說到海軍的水練，據說都是穿一條紅色兜襠布操練的。

那樣當然不可能讓雪花參加了。

「就算不是今天也沒差吧？等明年夏天再說啦。」

雖然對於雪花不會游泳的理由我可以理解，但我可不想陪她補做那種古早以前留下來的功課。就跟那些海軍弟兄一樣，我也不想跟女人練習游泳啊。而且就算是親戚，要跟這種身材完美無缺的美女兩人獨處，在爆發上——

「蕾芬潔喜好游水。今後和那女人接觸的機會增加時，如果本人不會游泳就說不過去。雖然感覺是臨陣磨槍，但至少在今天之內本人要學會打水才行。事不宜遲，來吧。身為帝國軍人，必須隨時隨地努力克服自己的缺點！」

雪花抓住我的手，提著裝有換穿衣物等東西的行李箱穿過大廳。她大概已經把館內平面圖都記在腦中了，完全沒有迷路就直指寫有「←游泳池」的方向走去。

在這種事情上，雪花果然還是給人一種活得很急的感覺。或許這同樣來自她認為自己依然在戰爭中，何時會死都不奇怪的想法所致吧。

「哦哦，是溫水啊。」

「廢話，現在都什麼季節了……」

燕峰閣的健身房併設的室內游泳池長十五公尺，寬七公尺，深度一點二公尺。天花板是一整片玻璃，讓黃昏的夕陽照入室內。閃閃發亮的水面襯托出跟我一起進入游泳池的雪花出色的美貌，讓人感到無比尷尬啊。游泳池真的是非常不好的設施。

據說理子昨天才講、今天就幫我們準備好的泳衣……我的是一條還掛有西友超市標價的五百八十元衝浪褲，雪花的則是一件從正面看起來很普通的深藍色競技泳衣……然而背面卻是只有一個X字形以及屁股部分一塊Y字形細布的大膽剪裁設計。

我們在男性更衣室分開到兩端角落換成泳裝之後，重新會合面對面時，我還一時感到安心的說，可是當雪花為了熱身而開始做起那套海軍體操的時候——我才注意到那有如痴女的背面設計，當場嚇到腳都軟了。話說那絕對不是什麼正式的競技泳衣吧，化纖布料看起來也莫名薄啊。

然後，我和正面看起來是泳衣，背面卻看起來像全裸的雪花一起進入溫水游泳池……互相面對面……

「妳說妳『不太會游泳』，是要我從什麼部分開始教起？妳會游到什麼程度？」

「如果是把臉泡進水裡，本人也可以辦得到。」

「要從那裡開始教起啊……」

「你看好。咕嚕咕嚕——噗哈！呼、呼、如何？有超過三秒鐘吧。」

抬起臉的雪花，露出彷彿綻放在水面上的一朵花般無邪的笑容。那表情看起來就像年紀比我還小的女孩般天真可愛，害我忍不住害臊起來……

「啊啊受不了……我拉住妳就是了，妳自己練習打水看看。與其口頭說明不如熟能生巧啦。」

結果……

於是我抓起雪花纖細得教人感到意外的雙手，自己一邊後退一邊拉動她。

「哇！噗！喂，太快了，速度、再放慢點……」

雪花雖然姑且嘗試用腳打水，但終究只能到前傾著身體在水中走路的程度而已。這怪不得她會被分派到後勤辦公或陸戰隊啦。光看了就覺得危險，怎麼可能讓她上什麼軍艦嘛。這麼說來，恩蒂米菈之前也在浴缸差點溺水過，難道「這邊」與「那邊」是互相交換旱鴨子在保持平衡嗎？

「嗚～……噗啊！呼啊！……嗚啊！呼啊！……噗哈！……」

被我拉著手的雪花雖然不斷在溺水邊緣掙扎，還是努力一點一點地讓自己的腳往後浮起。但無奈於她身體正面受到的水流抵抗太大，似乎怎麼也無法成功的樣子。

「不要一直想保持把臉抬出水面。只要換氣的時候抬起來就好。」

畢竟被任命為教官，於是我姑且試著教她一些訣竅——並始終緊抓著她的雙手不放，在水中倒退行走。三公尺、六公尺……

「啊……嗚……本、本人試試看……噗哈！啊！呀！……噗哈……！」

哦？她現在的聲音倒挺像女孩子的嘛。明明平常都那樣裝成男性地說。

「吐了氣就立刻吸氣。要是肺部沒有空氣，腳就會下沉，變得難以保持水平。」

「呼！呼！噗哈！呼！──吁！──噗哈！──」

雪花是個個性認真的女人，因此乖乖聽從我的教導……

練習一段時間後，她的換氣動作漸漸變得像在游泳了。雙腳也「啪沙！啪沙！」地總算浮到水面上來。

「對對對，慢慢有個樣子囉。」

我配合雪花漸漸加快的速度，讓自己往後退的腳也跟著加快。

結果雪花逐漸變得能夠順利打水，讓她的……她的……

（……嗚……！）

她那只有被幾條細長的布料遮掩的背部、臀部、大腿……！現在整體已經往上浮到幾乎快接觸水面的高度，而且不知為何呈現一整片膚色，也就是說看起來是全裸的！為什麼！

我原本還擔心該不會是她的泳衣被水沖掉之類的，但似乎並不是那樣。這是我視覺上的問題──應該是由於水面激起波紋，讓我的眼睛變得比較難辨識細長布料的部分了。就好像一開始覺得形狀有點像鬼的柳樹，到後來會真的誤認是鬼一樣，人類的眼睛與大腦，具有一種對看不太清楚的東西如果認為「有點像那玩意」，就真的會認知為「那玩意」的補正機制。而就是因為我剛才覺得雪花的泳衣背面感覺像全裸——結果害我的眼睛跟大腦現在完全把她的背面認知為全裸了。眼睛跟大腦真強啊！

啊，糟了……！既然背面是全裸，正面應該也是全裸……這樣的想法閃過我的腦海，讓我現在莫名覺得自己在拉的是真的全裸的雪花了……！在溫熱的溫水泳池中讓跟自己有血緣關係的美女脫成全裸玩水嬉戲，這是什麼糟糕的王族遊戲啦……！

我頓時內心感到驚慌而疏於確認自己後方——

「嗚喔！」

結果沒發現已經走完泳池的全長十五公尺，背部撞到了泳池牆壁。

「唔咕！」

多少學會靠打水獲得推進力的雪花接著從正面撞上我……

「……嗚……！」

「……啊……」

我真的是全裸的上半身，與雪花的上半身只隔著很薄的化纖布料緊緊貼在一起了。彷彿互相擁抱一樣。

或者應該說，根本就是互相擁抱了。由於我鬆開了牽住雪花的手，導致她基於本能抓住了我的身體。而認為放著不會游泳的雪花不管會很危險的我，也在情急下抱住她的身體。

因為泳衣設計上的緣故，雪花的背部幾乎都裸露出來……結果我的右手就緊緊抱住了她細緻充滿彈力又色澤鮮麗的嫩膚。

至於為了不要讓雪花溺水而想要稍微把她身體撐起來的左手則是……一把抓住了尼龍材質的泳衣下半部緊緊陷入肉中的臀部右半球。這部分一樣具備彷彿會把我的手指彈回來的水嫩彈性，同時又兼具會讓我的手指陷入其中的柔軟度。這是男性絕對不會具備，唯有女性的身體才能交織出來的奇蹟觸感。

再加上兩人抱在一起的姿勢，讓我跟雪花的臉──幾乎快貼在一起了。距離近到從雪花的額頭滑下來的水滴會被兩人的鼻頭夾住停下的程度。

「……！……」

把修長的眼睛大大睜開的雪花，對於自己的身體被男人的手臂用力抱住的事情──露出了彷彿可以聽到「撲通！撲通！」聲響的心跳表情。

那是──我至今見過雪花的表情之中，最明顯的女性神情──

「……」

隔著布料薄到底下的膚色彷彿都會透出來的泳衣，可以感受到雪花全身上下最為柔軟、有如剛搗好的麻糬一樣的雙峰傳來的體溫。推測應該有E罩杯的那兩顆肉球緊貼在我身體上擠出煽情的形狀，同時由於浮力而露出水面。或許那部位即使肉很多也很敏感的緣故，雪花看起來同樣從雙峰感受到了我的體溫……結果我們就這樣在游泳池邊緣互相擁抱著，臉頰變得越來越紅。

不只是我，看來雪花也不知道在這種狀況下該如何反應才好的樣子。

遇到這種時候——當自己突然意識到對方是異性的瞬間——究竟該如何含糊過去的方法，在我們兩人的腦中都缺乏資料。結果就讓我們一直抱著對方全身僵住了。

能夠聽到的……只有「啪沙、啪沙」的水聲……以及兩人「撲通、撲通」的心跳聲。

——雪花她——過去為了戰爭而被迫扭曲了心靈，變得認為自己是個男的。

然而現在，她被男性抱住身體而慌張失措的模樣，完全就是個女的。

她的心就有如眼前的水面般擺盪。在男人與女人、戰爭與和平之間。

不過，會像個女生般走在和平的竹下通，露出滿臉幸福笑容的雪花究竟應該選擇哪一邊才對，答案其實很明顯。

因此，如果她現在身為一個女性感受到了什麼東西……

我也可以在她面前扮演一個男人。

如果那樣做能夠成為某種力量，把雪花從至今依然束縛著她心靈的戰爭中拯救出來——黑豹——

（……黑、黑豹？）

由於我看到不應該存在的東西，讓嚴肅的思緒中斷了。

隔著雪花的肩膀，可以看到另一側……有一隻不知何時進入游泳池的黑豹在游泳。明明是貓科動物卻用狗爬式。

另外也可以看到一隻似曾見過的烏鴉緊貼著水面在滑翔。

「你、你為何……要一直那樣緊緊抱著本人？是不是、又起了什麼奇怪的念頭？對於像本人這樣的人、一次又一次地、為什麼？又、又不是貓狗畜生……」

「呃不、不是貓狗，是豹、烏鴉……」

面對扭扭捏捏地莫名嘀嘀咕咕講話的雪花，我說著連我自己都搞不懂在講什麼的回應——結果這樣牛頭不對馬嘴的回答霎時改變了現場的氣氛……

「……啥？不、不管怎麼說都一樣是禽獸吧！夠了，你快放開！」

雪花高高舉起手肘，朝我的頭部使出連續肘擊。可是她每肘擊一次就會讓我看到她剃得光滑無痕的腋下，害我發現原來女性的腋下也意外地很爆發而趕緊把臉別開，結果就一直躲不開她的鐵肘攻擊。要說痛又不算痛，要說不痛又有點痛。

承受不住攻擊的我趕緊爬上泳池邊，感到頭暈目眩的時候——

「唉～遠山，你又這樣啦？還真是老樣子，一點都沒變呢。」

一個熟悉的女性聲音感覺有點傻眼地如此叫了我的名字……

於是我抬起頭，看到眼前是身穿銀色金屬色澤的比基尼，用小女孩般的姿勢蹲下來的……

「卡、卡羯？」

黑色妹妹頭上戴著一頂魔女帽，右眼戴著卐字徽章眼罩的卡羯就在那裡。但我對於她出現在這裡並不會感到訝異就是了。在扯上魔女連隊的時候，我就預想到會跟她重逢啦。

魔女連隊的連隊長——卡羯・葛菈塞是個跟我一樣，在人生中經歷過一場又一場的激烈戰鬥，值得同情的少年少女之一。

順道一提，她值得同情的部分也包括穿比基尼的模樣。她胸部應該只有A罩杯，屁股部分也很沒肉，跟亞莉亞穿比基尼時一樣給人某種「小孩子在勉強裝大人」的感覺而顯得滑稽。也多虧如此，讓我湧起的是一股笑意而不是爆發血流，在這點上倒要感謝她就是了。

「啪唰啪唰」地拍打翅膀停到她白皙肩膀上的烏鴉——是她的寵物或者應該說使魔的埃德加。

「我打電話給妳都沒接，害我以為妳是到哪裡進行恐怖攻擊喪命啦。我說認真的。」

「那是因為我搭高麗航空來，在機上被要求關閉手機電源了啦。抱歉抱歉。喂喂喂，聽說你跟貝茨姊妹幹了一架是吧？虧你現在還活著呀，嘿嘿嘿！」

從航空公司的名字，我就知道卡羯還是老樣子過著冒險的人生，而卡羯似乎也透過業界情報網知道了我同樣過著冒險人生的樣子。

在泳池邊盤腿坐下的我與小女孩蹲的卡羯互看著對方露出賊笑，彼此確認人生過得辛苦的不是只有自己，而享受著某種類似同病相憐的安心感。

「Sied ihr Offiziere von Waffen-SS? Ich dachte, ich hätte nur Oberst Rapunzel eingeladen.（妳們是武裝親衛隊的軍官嗎？本人可沒有邀請蕾芬潔上校以外的人呀。）」

爬上泳池邊的雪花……見到我和卡羯的樣子而莫名不太高興的樣子。

雖然由於她講的是德文，所以我聽不懂她在說什麼啦……

「請用日文就可以了。遠山中校，很榮幸能見到妳。」

如此用日文回應雪花的，是站在泳池邊的另一個人——身穿有如黑色緊身皮衣的比基尼配上納粹軍帽，活像個SM女王的白人美女。

雖然她跟雪花站在一起會顯得身高稍微矮了一點，不過白瓷般的肌膚與雙峰的尺寸都是同等級。

「我叫伊碧麗塔・伊士特爾，是第三帝國軍西方大管區所屬，魔女連隊的長官。遠山先生也好久不見了。」

從軍帽下伸出一頭金色的長直髮，銳利的碧眼以及塗有大紅色口紅的嘴脣莫名帶有嗜虐感地露出微笑的這個女人——是伊碧麗塔長官。我最後一次見到她是在阿姆斯特丹的WTC大廈。

伊碧麗塔並不是魔女，而是負責管理魔女連隊的女人。我記得階級應該是少將。

「在水邊見到妳，會讓我想起討厭的記憶啊。」

「嘿咻」一聲站起身子的我，對伊碧麗塔開口第一句話就是諷刺。畢竟這傢伙可是第一個殺掉遠山金次的女人啊。雇用魔劍愛麗絲貝兒，透過將被抓的我關進鋼鐵牢籠，在大西洋一點一點沉入海中的殘忍手法。

「唉呦，你是在說什麼呢？最近我變得有點健忘呀……」

「啥？妳在講什麼？我耳朵變差了嗎？」

面對現在似乎希望跟我友好相處，假裝剛好忘記漲潮之刑那件事的伊碧麗塔——我頓時有點火大地啪嘰啪嘰折響手指。從游泳池裡跳出來甩掉全身水滴的黑豹——我記得好像叫布洛肯——則是見到我對伊碧麗塔表現出敵意而朝我露出利齒。

「喂，金次，你不是說你跟魔女連隊並非敵對關係嗎？」

雪花眼見現場似乎早早就要爆發問題而趕緊制止我，於是——

「我和卡羯是那樣沒錯，但伊碧麗塔是殺了我的女人啊。」

「你現在不是活得好好的？」

「因為我死而復生啦。」

「哦哦，原來如此。那樣就講得通了。」

聽到這樣一段遠山家對話，卡羯頓時「哪裡講得通了啦……？」地皺起了眉頭。

「而且有點奇怪。妳們會不會抵達得太早了？蕾芬潔上校應該是明天才會過來。妳們不是一起來的嗎？」

「確實……本人記得德國人的民族性應該在時間上算得很精準才對吧？現在離約定的時間還有大約二十小時啊。」

聽到我的疑問，雪花也感到奇怪地看向伊碧麗塔。

結果伊碧麗塔動作誇張地張開手臂，對我們露出裝模作樣的友善笑容。

「我們是接到蕾芬潔的代理人聯絡，而早她一步先到這裡來的。因為有件事情希望可以事先讓遠山中校知道……不過畢竟不是可以隨便告訴人的內容，因此我希望先在這裡辦一場泳池派對，互相交流一下。要說的事情等那之後再談。」

「雖然上校表示自己會從哈巴谷書……從聖經中出來之類讓人搞不懂在講什麼的話啦，不過照代理人寄來的電子郵件是說，她剛從位於哥本哈根的魔女連隊分部搭乘Focke-Achgelis——Fa269改出發了。那玩意的續航距離不遠，速度也不快，所以飛過來應該真的還要二十個小時左右吧。」

跟兩位大人身材的美女相較之下，顯得更加像個小鬼頭的卡羯如此說明……也就是說，最起碼可以確定蕾芬潔上校會按照原本的預定時間抵達了。

不過在會面之前，魔女連隊希望先讓雪花知道的事情究竟是什麼？而且伊碧麗塔似乎還多預留了一段時間打算在這個游泳池邊先確認雪花有多值得信賴，可見那是相當重要的事情。雖然我對那內容是完全沒有頭緒——但至少可以確定絕對不會是什麼和平的女孩聊天吧。

雖然我有告誡說讓鳥獸進到游泳池在衛生上不太好，叫她們不要這樣，但卡羯卻當場怒說「使魔是魔女的第二生命，是魔女的一部分呀。」而且埃德加也用鳥喙啄我的眼睛，讓我最終屈服於暴力之下，只能陪悲哀比基尼打扮的卡羯與埃德加&布洛肯一起玩水了。

雪花和伊碧麗塔則是坐在躺椅上，把燕峰閣為她們準備的飲料放在一旁——根據我偷偷讀脣，她們似乎主要在互相自我介紹的樣子。畢竟雪花對待女性很好，伊碧麗塔面對日本軍的軍人也很守禮，因此兩人的氣氛還算融洽。

就這樣，到了太陽下山後……

我們離開溫水游泳池，我和雪花一組，卡羯和伊碧麗塔一組，分別在山莊提供的套房稍事休息後，又到餐廳重新集合。

雖然餐廳的包廂全部都是和室，不過山莊的工作人員看伊碧麗塔她們是外國人，便很貼心地為我們準備了氣派的餐桌與椅子。

由於雪花表示「為了讓對方比較好講話，配合她們的服裝」，我換上原本是為了明天準備的白色軍裝。至於雪花原本就是穿軍服，卡羯與伊碧麗塔則是穿著武裝親衛隊的黑色制服現身，讓我不禁慶幸現在整座山莊都被包場而沒有其他人了。不過就算再怎麼主張是自己生命的一部分還是什麼的，把埃德加跟布洛肯都帶來也未免太誇張了吧？這裡可是餐廳喔？

「剛剛好在預定的時間開始上菜──日本人才真的是全世界對時間算得最精準的民族呀。餐點也很健康，料理看起來也很美。我很尊敬日本的文化喔。」

伊碧麗塔拿著一個刻有雙頭鵰與卐字徽章的懷錶，面帶笑容如此稱讚日本。印象中，這個人之前在盧森堡也是用類似的臺詞當開場白啊。

「那麼，為日德的血盟乾杯。」

「Zum Wohl（乾杯）。」

伊碧麗塔與雪花用餐前的柚子酒如此互敬後——松茸、山藥豆、黃金蔥等等的季節菜便陸續上桌，餐會開始了。卡羯捏起栗茶巾（註4）放進嘴裡，當場「這是什麼，超好吃的！大姊再來一份！」地對一旁穿和服的女服務生要求加點了。

「蕾芬潔上校過得可好？」

雪花優雅地喝了一口餐前的清湯後，對依舊保密不願說明的玲一號作戰執行上關係到成功與否的那名女性的近況，立刻開口詢問伊碧麗塔。

「根據代理人表示，她過得很好。但其實我們也是到明天才會與上校初次見面。」

「妳們沒見過面啊？說到底，那個蕾芬潔上校到底是怎麼樣的人物啦？因為這次事情來得太突然，我頂多只知道她是個女性而已。她既然是妳們的同夥人，妳們至少應該知道她的基本資料吧？」

我一邊啃著虎蝦，一邊詢問伊碧麗塔雪花沒有告訴過我的事情。結果……

「上校是魔女連隊光榮的初代成員之一，也是其中最後的生存者。家族是沒落的宮廷魔女，戰前據說是在科隆經營一間小花店的樣子。」

花店……？怎麼聽起來好像是頗安全的人物？

而且她現在應該已經是個相當高齡的老婆婆了吧？搞不好這次的事情其實可以和平落幕喔？

註4　和菓子的一種。

「她是個擅長調劑藥物的藥魔女，在她的花店也有販賣用花製作的內服藥——以東洋文化來講，類似於漢方藥的東西。希姆萊長官與希特勒總統閣下聽聞了這件事，據說那些藥物還深獲總統閣下喜愛。」

……嗯～一點也不和平的人物登場囉……

傳聞中希特勒為了治療本身的身體不良狀況，是個重度用藥的人。因此他甚至服用過納粹的神祕主義者希姆萊所介紹的魔女製作的藥物，其實也不無可能。

「蕾芬潔由於這樣的機緣被召入武裝親衛隊，成為了創組魔女連隊的初期七位成員之一。而且聽說當時的她是個超級美少女，還被人取了個綽號叫『祖先遺產學會之花』呢——」

雖然對冰盛生魚片沒動筷子，不過對下一道上桌的炭烤和牛倒是吃得津津有味，卡羯如此說道……讓我不禁對同樣是花的雪花瞄了一眼。

畢竟雪花同時也是當年德國的活證人，應該知道這些事情才對。然而她並沒有露出懷念熟人往事的表情，至少看起來並不算開心的樣子。

「她現在也依然是魔女連隊的成員對吧？但卻沒有跟妳們一起行動，代表是類似幽靈社員的狀態嗎？」

把卡羯不吃的生魚片也夾來吃的我如此詢問後，伊碧麗塔的眼神變得有點銳利起來。

「幽靈。或許這是很正確的表現方式。紀錄上，她應該在一九四五年戰亡於柏林，之後也沒有任何回到魔女連隊的文件記載。哎呀，雖然說戰爭尾聲時，親衛隊員假裝自己死亡並藉此逃亡的手法可說是老把戲就是了。」

「之後她沉寂了整整六十五年，直到遠山中校的 YouTube 影片成為契機，她才第一次向位於杜塞道夫的連隊本部進行了接觸，表示『自己要跟中校會面，請求派人護衛』這樣。畢竟她現在應該已經大約九十歲左右——似乎連自行聯絡都沒辦法做到的樣子，所以是透過代理人寄電子郵件來的。當然我們也有懷疑過喔，可是互通的郵件內容滿滿都是非魔女連隊的成員就不可能知道的情報，因此不管怎麼想都是真的呀。」

無論伊碧麗塔或是卡羯講的事情……都讓人感到不太舒服呢。

原來蕾芬潔為了跟雪花會面，還特地請求魔女連隊的本部派人護衛。可見對方在警戒雪花。

哎呀，像雪花也有考慮到跟蕾芬潔之間演變成戰鬥的可能性。就算雙方彼此是過去盟國的軍人，日本軍對納粹或納粹對日本軍大概都依然還是抱著對方動不動就會訴諸武力的印象吧。而那樣的印象基本上也很正確。

「妳們和上校之間講過些什麼？」

吃著涼拌鮑魚的雪花如此詢問後，伊碧麗塔看起來像在裝傻似地瞥眼回答：

「我們只是確認她是不是本人而已。」

然而雪花敏銳的洞察力似乎看出什麼事情……有點焦躁地開始微微抖起腳來。那個她主張要叫富抖腳的習慣動作不知是不是故意的——讓掛軍刀的刀帶環「鏘、鏘、鏘」地發出了聲響。接著……

「那麼換個問題吧。妳們是來做什麼的？」

明明卡羯剛才已經間接性地表示過她們是來當「護衛」的，但雪花卻又如此詢問伊碧麗塔。結果卡羯用沒戴眼罩的眼睛看向自己的長官，流露出「差不多該進入正題了」的態度。

如果那個性情惡劣的伊碧麗塔在這時候還選擇繼續裝蒜，脾氣急躁的雪花搞不好就會當場大叫「立正站好！」了。於是……

「我也覺得由將官來當校官的護衛是有點過度保護。妳們應該是為了別的目的過來的吧。剛才在游泳池說過的『想事先告知的事情』就是那個目的，而在告知之前想要先跟我們打好關係的意思就是……要我們幫忙那個目的，或是讓我們至少不要出手礙事吧。」

我回想著在偵探科學過的東西，並代替伊碧麗塔把我能夠察覺到的部分講出來。

結果伊碧麗塔稍微搖一搖頭——露出有點尷尬的笑臉說道：

「So Lala（哎呀哎呀），別露出那麼可怕的表情嘛。我只是因為這些話有點像把同伴丟臉的部分爆料出來，所以感到難以啟齒而已……不過蕾芬潔上校即使透過代理人交談，也讓人感受得出來她似乎相當年老痴呆了。也或許因為這樣，她的**思考方式**跟我們有相當大的差異。」

「她給人的感覺就超危險的呀。雖然在郵件中伊碧麗塔長官有巧妙配合對方，但老實講那人根本是瘋了。居然主張要改革魔女連隊，還要肅清一部分的成員之類的。不過那畢竟是中間透過了代理人的對話，因此我們打算明天見到本人再確認清楚。」

聽到伊碧麗塔與卡羯的話，我不禁感到有點驚訝。然而……

「確認之後，妳們要怎麼做？」

打從一開始就判斷蕾芬潔是個危險魔女的雪花倒是很鎮定。

到這時……伊碧麗塔才總算表現出願意講真心話的態度……

「逮捕起來，進行審判，或者也有考慮乾脆殺掉算了。應該沒差吧？反正她也已經活得夠久了。」

她和蕾芬潔之間似乎有過相當嚴重的衝突，額頭上都浮現出卐字形的青筋——露出笑臉。就跟之前殺掉我的時候一樣，是表現出納粹殘忍習性的冷笑。

魔女連隊現在……起內訌了。

在由於雪花的影片成為契機而突然現身，不知是否因為高齡而腦袋痴呆的緣故——竟然說出要搞亂魔女連隊發言的蕾芬潔上校，以及伊碧麗塔這些現任成員之間。

然後對於這些傢伙來說，當人事上發生問題時的解決手段非常單純，就是殺害。

蕾芬潔上校是魔女連隊的創設成員之一，對希姆萊與希特勒也有過貢獻。看在魔女連隊成員們眼中，可謂傳說的人物。至少哥本哈根的連隊分部似乎願意對她提供協助的樣子，因此如果公開將她殺掉，搞不好會引起魔女連隊內部不必要的衝突。所以伊碧麗塔並沒有帶一大票部下一起過來——而是打算私下將她暗殺掉。過來這裡之前雪花也有預想過這樣的可能性，看來真的被她講中了。

「所以說，遠山中校，妳如果有什麼話要跟她說，最好明天早早講完。我們只要確認蕾芬潔上校的狀態不好，就會看時機把她處分掉了。」

「就是這樣。遠山你也別礙事喔。」

雪花聽完她們兩人的話，便停下抖腳，閉起眼睛……靜靜喝了一口餐後湯。

「蕾芬潔上校是個以狡獪而勇猛直前聞名的武裝親衛隊員。恕本人失禮直言，就算妳們企圖殺害她，以妳們的實力想必很困難吧。到時候反而被大量的弔花葬送性命的可能性還比較大——妳們要做好覺悟。明天本人終究只是要跟上校對談，或許也可能因此讓她的『思考方式』有所改變。但願那結果可以讓妳們感到滿意——但一切還是要看上校如何了。」

……雖然弔花怎樣的部分我聽不太懂意思，不過雪花並沒有叫她們不要暗殺。喂喂，中校，在這座風光明媚的山莊要是發生預謀殺人事件可是會很糟的。要是我也在暗殺現場卻沒有制止，根據武偵法第九條的解讀方式，搞不好也會被判有罪喔？

「喂，伊碧麗塔，卡羯，我不准妳們殺掉對方，給我想想其他的解決方法。人活在世上總有一天會痴呆，那並不是什麼罪過。而且就算放著不管，那年紀也遲早會死——」

我有點發飆地試圖說服伊碧麗塔跟卡羯，可是埃德加卻「啪唰啪唰！」地飛來，布洛肯「踏踏踏！」地衝過來，又是啄我的眼睛又是啃我的小腿，痛痛痛痛痛啊！

就在我跟那兩隻禽獸纏鬥的時候，女服務生把餐後甜點的法式奶凍端來，讓我失去了發言的機會——該死！這下明天搞不好會變得很麻煩了。畢竟伊碧麗塔、卡羯、雪花還有蕾芬潔上校……這些人全部都難以預料會搞出什麼事情啊。

5彈　花冠的歸國兵

燕峰閣的套房本來是設計給家族用，面積足足有七十平方公尺。其中包括擺有液晶電視與桌椅的寬敞客廳、西洋式的臥房以及能夠鋪棉被的和室，共三間房間。多虧如此，讓我免於跟雪花同房而恐懼爆發的命運了。

只不過，深夜時有個景象讓我在別的意義上感到膽顫心驚——就是雪花在和室拉門外的窗邊檐廊坐在椅子上檢查自己的軍刀與十四年式手槍時，臉上嚴肅的表情。

在海螢火蟲的地下設施展現過跟我、金一大哥、GⅢ同等級戰鬥力的雪花——現在竟露出某種程度上對死抱有覺悟的表情。雖然她似乎從一開始就考慮到根據會談的發展有可能會演變成戰鬥的樣子，但那個叫蕾芬潔的魔女難道是那麼恐怖的對手嗎？

（但願明天不要下起血雨啊……）

我想著這樣的事情並一個人躺到洋式臥房的床上，便看到窗外下起雪來了。

眺望著山莊前已經歇業的滑雪場漸漸積雪的景象……我不知不覺間進入夢鄉，到了隔天早上——

伊碧麗塔與卡羯在那塊滑雪場玩滑雪跟單板，嬉笑聲音讓我睜開了眼睛。於是我一邊刷牙一邊在檐廊上眺望著她們——就算那滑雪場現在是無人的包場狀態，真虧她們在準備暗殺人的早晨還能玩得那麼悠哉。而且明明雪還在下的說，布洛肯跟埃德加居然還願意陪她們玩呢。哪像我一大早就胃痛得不得了啊。

後來雪花在游泳池用浮板練習打水，我則是臨陣磨槍似地簡單保養手槍，在不安的情緒中度過上午時間——

蕾芬潔上校預定抵達的正午漸漸接近了。

換上軍服的我、雪花、卡羯與伊碧麗塔集合到燕峰閣的大廳，坐在沙發上靜靜等待……

「——來了，Fa269改，是上校。」

從魔女帽的帽簷底下看著滑雪場的卡羯伸手指向北方的天空。

於是我借用伊碧麗塔的軍用望遠鏡看向那架我從沒聽過聲音的飛機，發現那是一架相當奇特的雙引擎飛機。兩個螺旋翼是位於左右機翼後方的推進式設計。塗有白色迷彩而不易辨識的機體很粗，給人類似轟炸機或運輸機的印象。垂直尾翼上的卐字徽章也採用灰色的低視度迷彩，在這點上雖然很現代，可是整體的造型極為奇特，以航空力學來講根本是勉強可以飛行的程度。大戰期間，德國軍確實開發過各式各樣奇形怪狀的飛機，或許這是其中一種設計的重現吧。

「這裡又沒跑道，是要怎麼辦？從滑雪場下方上坡降落嗎？」

我把望遠鏡還給伊碧麗塔的同時如此詢問後——

「呵呵！德國其實在七十年前就已經設計出那樣的起降結構了。Fa269原本是一臺攔截機，不過哥本哈根分部利用現代材料將它改造成運輸機了。雖然我也是今天第一次看到實機，不過真是做得不錯呢。」

「蕾芬潔上校雖然是上個月才忽然現身於分部，不過據說在那之前她的代理人就提供了大量的資金讓分部準備那臺Fa269改了。那個代理人雖然沒有公開自己的身分——但肯定是哪裡的著名富豪信奉新納粹主義，而派遣那個代理人來的。這在我們魔女連隊的資金來源中算是常有案例呀。」

伊碧麗塔跟卡羯都露出得意的表情如此說道。還真是討厭的常有案例啊。

就在我跟雪花眺望之中，Fa269改抵達湯澤上空——

似乎在尋找降落地點似地盤旋在空中，同時教人驚訝地，主翼的一部分開始扭轉。

——那是……

（跟V－22魚鷹一樣的垂直起降機嗎……！）

德國竟然在大戰時期就已經開發出那種玩意的事情固然教人驚訝，不過Fa269改在滑雪道下方的平坦雪地降落的景象更是教人吃驚。雖然靠遷移飛行減速後緩緩垂直降落的部分跟魚鷹是一樣的——但Fa269改竟是把位於主翼後方的螺旋翼往下轉。也就是說，那並不是將螺旋翼架到上方把機體掛在下面的方式，而是把螺旋翼架到下方的方式。光這種設計在全世界來講就已經夠稀奇了，更稀奇的是Fa296改並沒有把螺旋翼完全轉到主翼的正下方，而是只轉到一半的角度，取而代之地呈現機頭抬向斜上方的降落姿勢。那有點類似所謂「尾坐式」的方式，駕駛員是透過鏡子看著地面操縱降落的。真高竿啊。

據說大戰後期的納粹德國由於機場都被破壞殆盡的緣故，而展開了即使沒有跑道也能起降的攔截機開發計畫——這臺飛機大概就是那個計畫下的產物吧。居然有機會看到那樣稀奇的玩意，真有種賺到的感覺呢。雖然它著陸時把應該內部裝有艙門砲的機體側面艙門朝向我們這點，讓我有點不爽就是了。

我本以為異想天開的兵器秀到這邊就結束，但沒想到還有後續。從Ｆａ２６９改的後部艙門中——又滑出了一臺兵器到雪地上。

「——那個本人在戰前也有看過，是 **Kettenkrad**。」

「……可是那玩意底下裝的是滑雪板啊。」

不只是如此對話的我跟雪花而已，見到那玩意登場的伊碧麗塔與卡羯也同樣「是 **Kettenkrad Icebell** 呢。」「在巴巴羅薩作戰時有稍微使用過的玩意呀。」，感到很稀奇的樣子。

本來 **Kettenkrad** 應該是後輪像戰車履帶、前輪像機車的半履帶車……可是現在準備從滑雪道開上坡的那輛車前輪卻被換成了滑雪板。雖然同樣塗有冬季迷彩色讓人看得不是很清楚，不過那是一臺像雪上摩托車的改造車啊。

把雪撥開成Ｖ字形，沿著又長又寬的雪坡開上來的車體——後方飄散出某種五顏六色的東西。有紅色、黃色、藍色、紫色、綠色，非常漂亮。那究竟是什麼？

花了幾分鐘的時間爬上滑雪道的 Kettenkrad Icebell，有如要把魔女連隊的徽章「盾牌配狂暴黑獅子」秀給我們看似地大幅轉彎……在直通滑雪場的這座燕峰閣前面停了下來。

頭戴機車用半罩安全帽的駕駛員身上並沒有穿軍服，而是穿一套像ＯＬ的長褲西裝並圍一條圍巾，臉上戴著眼鏡的金髮美女。笨手笨腳地下車、踏到地上的雙腳穿的也是普通的淺口女鞋。

那個怎麼看都是一般人的女性把手伸向履帶後座座位……牽起深深坐在位子上的一名**異樣女性**的手，讓她站上除過雪的大門前車道。

那就是──

「……雖然跟我原本想像的樣子差很多，不過那就是蕾芬潔上校嗎？」

由於在場只有雪花曾經跟蕾芬潔見過面，於是我姑且如此確認後……

「沒錯。」

雪花點頭回應。

……「喀、喀、喀……」地踏響黑色皮靴進入燕峰閣大廳的蕾芬潔上校──非常年輕。我原本想說會是個老婆婆，但她看起來大約只有十四歲。不過畢竟她是個魔女，所以搞不好是跟玉藻一樣能夠長保年輕的外觀吧。

像她明明外表看起來那麼年輕，走路的腳步卻很虛弱。應該是特別訂製的武裝親衛隊黑色制服緊緊包覆的上半身很瘦，緊身迷你裙底下伸出來的雙腿也很細。身高只比卡羯稍微高一點而已。

不過比這些外觀更加異樣的——是她的頭髮。

她背後的頭髮長得幾乎要拖在地上。或者說根本就拖在地上了。一條有如中世紀王公貴族般的披風垂到地面，然後足足長三公尺的波浪秀髮就散開在那披風上面。

而且那頭焦褐色的秀髮上整體都裝飾有鮮花與大大小小的葉片，甚至一路到頭上那頂納粹軍帽邊的側頭部。

（……「祖先遺產學會之花」……）

那模樣簡直像個會走路的花圃。剛才從雪上摩托車型的 Kettenkrad 後方飄散出來的東西，就是這些裝飾花的花瓣與葉片吧。

然後，她開口第一聲便是——

「Sieg Heil（勝利萬歲）！」

「Heil（萬歲）！」

蕾芬潔上校發出少女般可愛的聲音，同時高舉右手行了一個納粹式敬禮。於是卡羯她們也跟著回禮。

上校的軍帽帽簷底下環顧大廳的臉蛋蒼白，眼窩周圍還有黑眼圈。這是因為她瘦得連眼眶都凹陷的緣故。人說臉部是全身最後才會瘦的部位，代表她的身體肯定也是骨瘦如柴吧。

「上校，歡迎來到日本。」

面對用海軍式敬禮的雪花，蕾芬潔上校抬起那對活像貓熊的眼睛——

「很高興能再見到妳。」

用流暢的日文如此回應了。雖然她嘴巴說很高興，臉上卻是面無表情。不過那感覺並不是對雪花冷漠，而是她這個人原本似乎就缺乏活力。真是個在各方面讓人感到不太舒服的女人。

言歸正傳，我則是對陪同蕾芬潔上校一起前來的眼鏡白人美女說道：

「妳是什麼人？如果只是普通的司機，我勸妳最好別從這個大廳進到更裡面去喔。」如果讓看起來應該是一般人的這位女性加入雪花與蕾芬潔的會談，搞不好會很危險——因此我用英文如此警告她，結果她的臉頰頓時染成粉紅色……

「咦、啊、是、不好意思，謝謝你，講日文就可以了。我是那個、支援蕾芬潔大人的團體的、呃、蕾芬潔大人的、代理人。」

也許是個性容易緊張的緣故，她支支吾吾地說著讓人聽不太懂的話。真像個白人版的舊・中空知啊。不過我至少聽懂她就是在卡羯她們與蕾芬潔之間負責仲介的那個代理人了。

「她叫仙杜麗昂。由於我的身體不好，所以請她來照料我的。話說——你才是什麼人？」

蕾芬潔如此說明後，連同軍帽上那個教人毛骨悚然的骷髏徽章一起把頭轉向我。

「……我叫遠山金次。從姓氏妳應該就能知道，我是雪花的親人。」

「哦哦，你就是那個傳聞中的遠山金次——對於想殺掉自己的人都會強烈報復的『詛咒的男人』。」

蕾芬潔用她那對由於黑眼圈而看起來異常地大又無神的眼睛、如綠瑪瑙般深綠色的眼眸，深感興趣似地看向我。那個綽號，我之前也被伊碧麗塔叫過。看來對於魔女連隊的這些人來說，我是個像魔物的存在。

「既然妳看過 YouTube 應該就知道，雪花有點欠缺現代的常識。或許她會遇上需要補充說明的時候，因此我也會跟她同席參加會談。魔女們聚集的會場中就算有個詛咒的男人應該也不奇怪吧？」

「Nein（不），遠山金次。你是個又強又出色的男性。人類的進化需要優秀的女性以及優秀的男性雙方的遺傳基因。我並不是討厭你在這裡，反而很高興能見到你呀。我現在口有點渴。遇到這種時候我的臉部就會不太能夠使力，因此經常被人說很難看出我的表情。真是抱歉。」

就連講這段話的時候也依然面無表情的蕾芬潔，在代理人仙杜麗昂的照護下，讓盯上她性命的伊碧麗塔與卡羯帶路——「喀、喀」地踏響靴子穿過櫃檯前，走向山莊為我們準備好當成會談場所的二樓宴會廳。五顏六色的花瓣飄飄掉落，有如足跡般留在她背後走過的地方。

我再度仔細觀察她那頭有如花圃的頭髮……這才注意到那些花都是我從沒見過的稀奇品種。有的像櫻花，有的像薔薇，有的像彼岸花，然而要不是異常地大朵，就是顏色很奇怪。我以為或許是人造花而撿起一片花瓣觀察，卻發現那果然是鮮花。真是奇妙。

「——金次，盡量別摸那些花。另外也要小心別貿然過於接近蕾芬潔身邊，否則會被當成苗床啊。」

帶著緊張的表情目送蕾芬潔的雪花，小聲對我講出這樣莫名其妙的話，於是我回問了她一句：「苗床？」

「那是玲的花。上校是把那些花種植到自己體內回來的。」

聽到雪花這句話——我頓時睜大眼睛。

「……『回來』——的意思是說……」

面對驚訝的我，雪花點頭回應——

「現在已經親眼確認蕾芬潔上校就是她本人，因此就算是機密，本人也必須讓你知道了。玲一號作戰當時是日本與德國各自同步進行。她和本人一樣，是**從玲回來的歸國兵**。」

……蕾芬潔上校也是去過恩蒂米菈她們的故鄉「那邊」的人物嗎……！

也就是說，她並非長相保持年輕，而是年齡上真的很年輕。

因為跟雪花一樣，經歷過隨著距離的時間跳躍。

「雪花……妳們究竟在『那邊』做了什麼事？」

「——你接下來就會知道了。」

雪花留下錯愕詢問的我，隨其他人一起穿過大廳——於是我也只好追著那像雪一樣的白色紙緞帶，跟在她的後面。

燕峰閣的二樓——最多可容納三十人的大宴會廳中現在只有我、雪花、伊碧麗塔、蕾芬潔、仙杜麗昂與卡羯六個人，顯得非常寬敞。由於這裡是西洋式房間，可以穿鞋子進去，因此對於進屋內也沒有脫鞋子習慣的德國人來說比較方便的樣子。

伊碧麗塔事前指示過燕峰閣的工作人員，在會場中面朝正面的右側擺了兩張、左側擺了四張椅子。中間沒有擺桌子。是不使用筆記或資料的祕密對談形式。

我們就在那邊左右分成日方與德方，面對面坐下。蕾芬潔的頭髮在椅子後方的地板上大大散開，因此在她兩側的伊碧麗塔與仙杜麗昂為了不要踩到她的頭髮而稍微隔開一點距離坐下。也許德國魔女在會談的時候有這樣的規矩吧，除了原本就沒戴帽子的仙杜麗昂以外，其他人全戴著帽子沒有脫下。

在我們的右邊，也就是蕾芬潔她們左邊的宴會廳牆上，掛有大概是雪花與蕾芬潔各自準備的垂掛國旗……日本是白底紅圓的日之丸旗，德國則是紅底白圓的卐字旗。如果排除穿淺口女鞋的仙杜麗昂拍張黑白照，就算跟人講這是七十年前的照片應該也會有人信吧。畢竟其他所有人都穿著軍服啊。

就在這時，時間剛好來到正中午——

「上校（daisa），如果妳想吃午餐就儘管說。應該可以幫妳準備。」

根據海軍用語把上校念作 daisa 而不是 taisa 的雪花如此表示後……

「感謝妳的用心，但是不必了。我現在並不餓。畢竟在移動途中，我透過窗戶曬了很長一段時間的日光。比起餐食，我比較希望等一下喝點水。」

雖然遣詞用字像個男的，但聲音卻很可愛的蕾芬潔回答了這樣一段話。她只要曬曬太陽……就能填飽肚子了？難不成是透過那些像髮飾一樣長在頭髮上的葉片進行光合作用嗎？不，或許真的是那樣。

「這椅子坐起來有點硬啊。呃～……蕾芬潔，妳看起來身體不算好，要不要改躺在照護床上會比較輕鬆……只要跟工作人員講一聲，或許就能送過來喔？」

我之所以支支吾吾地講出這種話……是因為現在沒有通常可以遮住視線的桌子，所以幾乎坐在我正前方的蕾芬潔上校那對由於太瘦而讓縫隙較大的大腿之間的深處——也就是緊身迷你裙的內側，就角度上感覺會被我看到的樣子。或者說好像已經讓我瞄到了幾次，害我靜不下來啊。這樣接下來要進行的重要談話，我會沒辦法集中精神的。

順道一提，也許那就是魔女連隊的正式服裝，伊碧麗塔與卡羯也都是穿又緊身又迷你的裙子……不過由於那兩人的危險三角地帶從我的角度來看位於斜下方，因此會被她們各自的大腿保護住。

「Nein（不），現在這樣就好。日本是個重視禮儀規矩的國家，我希望盡可能不要做那麼沒規矩的行為。日本是世界各國之中擁有最長的歷史以及獨立文明的神聖國家。我由衷尊敬這個國家……」

……失敗啦。既然這樣，我就注視她頭部的那塊花圃，小心不要讓視線發現下面那塊蕾絲或印花的花圃吧。

還有，那個拍國家馬屁的習慣，大概是魔女連隊向人問好的固定模式吧。真讓人全身發癢。

我個人雖然是日本人，但就算聽到有人誇獎日本我也不會因此就感到驕傲。

畢竟爺爺從小教育我，國籍並不是靠自己努力所得到的東西，而且沒有其他東西值得驕傲的人就會拿國籍或血統向人誇耀。另外我也親身去過各種國家，明白不管是哪個國家都有優點也有缺點啊。

「日德是透過東京・柏林軸心緊緊相連的永恆盟國，且讓我為優秀的人種們如此齊聚一堂的場面獻上祝福，代替開場的致詞吧。」

讓垂著眼皮的綠色眼睛眨了一下的蕾芬潔……宣告這場會談開幕。

「首先……雪花，在跟妳談話之前，是不是應該先把關於我們的事情告訴在場這些現代人呢？我在並非透過影像而是親眼見到妳之前，都沒有把內含機密的事情講出來。不過現在既然各位一同出席會談，無論伊碧麗塔、卡羯或金次，都可說是已經被我們拖進來了啊。」

「本人也是抱著那樣的打算。就在方才親眼確認是妳之後，便決心要講出來了。」

雪花如此回應後，蕾芬潔上校用她那對有黑眼圈的眼睛環視我們。

接著有如童話故事中的魔女唱起數數歌一樣……

「──V1飛行炸彈、V2彈道火箭、V3蜈蚣火炮、V4載人飛行炸彈、V5洲際導彈、V6鈾彈……」

她開始列舉出德國在大戰後期為了逆轉局勢而製造的復仇武器系列。

然後有如與之輪唱似地……

「──怪力射線、熱光射線、高威力多腔磁控管照射砲、伊號一型無線炸彈、計號誘導炸彈、人工鐳原子核破壞兵器……」

雪花也列舉出照射兵器或對艦導彈等等日本陸海軍曾經研發過的各種兵器。

日德雙方的這些兵器要不是沒能量產到足以挽回戰局的數量，就是根本還在實驗開發階段、戰爭就已經結束的玩意。當中又包含像ICBM或導引飛彈之類在戰後得以實際運用的兵器，也有像應用到微波爐的怪力射線（微波），或是應用到發電上的原子核能。

「這其中的一項，就是V19──列庫忒亞進化兵團。」

「日本則稱作玲一號作戰，又稱鐵禿師團計畫。」

蕾芬潔與雪花交互發言，公開這些情報──

「列庫忒亞……是指童話中的那個……神話之國列庫忒亞嗎？」

似乎跟我一樣對這些事情知道得並不詳細的伊碧麗塔向蕾芬潔如此詢問。

於是看起來莫名有點倦怠的蕾芬潔，一邊用手帕擦拭頸部一邊點頭……

「……對。我當時是從祖先遺產學會的超自然科學研究所前往那地方的。由於在一般人的認知中，那是圖畫書裡描寫的魔法國度的名字，因此妳們或許以為我是到了圖畫書中的世界——但那想法其實剛好相反。實際上是過去也曾有人從這個世界前往過列庫忒亞，並且將那個世界的存在記錄在傳說故事之中的。雖然說真正的列庫忒亞跟童話所描述的樣子差很多，也並非希姆萊長官以為類似靈界的地方就是了。」

她這段神祕學似的說明，配上她有如小孩子般尖銳的嗓音，更加讓人感到不太舒服。

「在日本雖然沒有那樣的傳說，不過大本營軍令部從德國方面獲得了那樣的情報——於是將那塊土地取了『玲方面』、『玲之國』的祕密稱呼。然後為了逆轉戰局，送出了自己的密使。」

接著，雪花如此說明日本方面的狀況。

這邊的人稱呼為列庫忒亞或玲方面的、恩蒂米菈她們的故鄉。地圖之外的場所。

N企圖引發第三次接軌，打開門連接的那個地方，是童話之中、圖畫書之中的世界——

（……！……）

這個關聯性讓我又想起了N的長槍手——瓦爾基麗雅。

以前在東京拘留所幫我口譯的神祕學愛好家A子表示過：「瓦爾基麗雅使用的語言跟克蘇魯神話中出現的語言很相似。」

當時我聽到她這句話還想說「難道瓦爾基麗雅是從小說世界中冒出來的嗎？」，感到難以理解——但如果實際上並不是**小說描寫出那個世界**，而是**那個世界被寫進小說**——唯有這樣想的時候，一切就說得通了。其實是克蘇魯神話的作者們在創作時拿來參考的傳說中，混雜有瓦爾基麗雅過去居住的「那邊」，也就是列庫忒亞的語言。

瓦爾基麗雅這個名字雖然在N是被當成個人名字，但同時也是種族的名字。在德文中念作華爾裘蓮、於北歐神話中登場的瓦爾基麗雅，其實並不是先有神話。是過去實際由列庫忒亞來到這個世界的另一位瓦爾基麗雅留下的紀錄，成為神話流傳下來的。

以前根據洛嘉和九九藻調查，認為進化途徑與這個世界的生物不同的鳥女哈比鳥，還有墨丘利、海卓拉、恩蒂米菈等等，想必都是為了N企圖引發的第三次接軌而早一步從列庫忒亞來到這個世界的存在。

從列庫忒亞到這個世界，自古就發生過大大小小不同規模的移動。那些害怕遭到歧視或迫害而通常會躲起來的來訪者，與這個世界的人遭遇過的紀錄，多半只會以故事的形式流傳下來，或是以後代子孫的形式在遺傳基因中留下痕跡。其中多半的來訪移動似乎都是偶發性現象，然而雪花和蕾芬潔則是透過逆向且人為性的方式前往了列庫忒亞。

「……妳們到那邊是為了什麼……？」

對於表情嚴肅的卡羯提出的這個問題，她們的回答是——

「被重武器擊中或是被火焰噴射器燒到，也能重新站起來的無限回復能力。能夠察覺敵兵動向的未來預知能力。絕對不會被敵人解讀的精神感應暗號通信。」

「能夠不吃不睡徒步橫越中印或蘇聯、游泳橫越太平洋或印度洋的無限體力。從大腦發出電波探查遠處敵艦或敵機的能力。我們受命前往玲方面探求的就是像這類的東西。」

一如之前不知火和早川環境副大臣所說——納粹德國與大日本帝國是將身為魔女的蕾芬潔與繼承有星伽家血脈的雪花，指派為密使送往被稱為魔法國度的列庫忒亞，希望她們把能夠轉為軍事利用的超能力帶回來。

接著將那樣的超能力廣布國民……恐怕是想培育出大量的魔女，藉由神祕學的手段對抗同盟國陣營。那就是V19進化兵團，那就是鐵𥝱師團……！

這個點子，跟另一項日德共同軍事計畫——伊．U、超𥝱師團計畫很類似。伊．U是透過讓這世界上的超自然能力者們互相教導能力，而玲一號作戰則是藉由從列庫忒亞帶回新的強力魔術，創造出超人士兵的計畫。

但這也就是說——

雖然我不清楚蕾芬潔頭上那些現在不知為何看起來有點枯萎的花朵是怎樣，不過無論她或雪花，都很有可能從列庫忒亞帶回了某種能力。而且是能夠轉為軍事利用、足以影響戰爭局勢，不用說也知道很危險的能力。

「呃……妳在那邊是跟遠山中校一起行動嗎？」

伊碧麗塔露出已經不知該從什麼部分問起才好的苦笑——對蕾芬潔詢問這樣的事

情。

結果蕾芬潔又用手帕擦拭著自己耳朵附近的汗水……

「……列庫忒亞是個遼闊到甚至無法製作地圖的土地。我們跳躍抵達的地點、也離得很遠……因此我、和雪花是……各自……嗯……嗯……」

她說明的同時……彷彿從剛才就一直在忍耐什麼事情似的，讓坐在椅子上的上半身搖晃起來。坐的位子也因此漸漸往前挪——軍帽「咚」一聲掉下去，讓她頭上有如花冠般的大量花朵與葉片都露了出來。

同時也因為她坐姿改變的緣故，害我快要看到她黑色膝上絲襪的上部、黑色制服緊身迷你裙的內側、如鮮血般紅色的花圃——

「呃、喂，妳身體不舒服嗎？」

我趕緊站起身子，改變視線角度預防爆發血流。但既然我知道那東西是紅色花朵圖案的蕾絲布料，就代表我已經看到了……一個瘦弱的女生穿那種東西意外地有種特殊的爆發感，讓血流加速啦。在這種時候我到底在想什麼事情啦？

「蕾芬潔小姐，啊啊，流了這麼多汗……各位，不好意思。上校的體質非常怕熱……這房間的室溫似乎太高了。她對氣溫的感受通常會高個十度左右。若不介意，是否可以把這裡的溫度調到攝氏十度，或者最起碼十五度呢？」

仙杜麗昂跑到蕾芬潔身邊——用手帕幫她擦拭額頭上的汗水，同時如此表示。

雖然這話聽起來很奇怪，但畢竟是魔女，也可能有這樣的事吧。怪不得她會提出什麼想看雪景之類的理由，把會談場所指定在寒冷地區。

於是我們暫時中斷會談，即使屋外的雪勢並不小——也不得已地把宴會廳的窗戶打開了。

接著好一段時間，我們靜觀著仙杜麗昂用軍帽「啪沙啪沙」地為蕾芬潔搧風的樣子。

雪花之前感覺對蕾芬潔相當抱有警戒心，而我自己聽過她講的話也覺得她很危險——但是看這虛弱的樣子，或許並沒有必要對她過度警戒吧。

「從日德被送往當地時，本人到達的地點推測可能是玲之國的南方，而蕾芬潔則是在北方。那距離遙遠到實在沒辦法輕易會合。因此我們是在各自的地點，用各自的方法按照軍令展開行動。雖然多少還是有聽到關於對方的傳聞就是了。」

就在雪花如此回答伊碧麗塔剛才那個問題時，房間溫度漸漸降到十度以下，變得寒冷起來——

「……嗚……抱歉。我有點過熱了……不好意思，可以給我一點鹽巴跟水嗎？我只要喝了水，就會變得有些過度精力旺盛……因此平常都只會在固定的時間喝水……但看來這次反而是缺水過度了……」

蕾芬潔在椅子上撐起上半身，重新戴好軍帽。另外也注意到自己的黑色緊身裙被移位到相當高的位置，而有點臉頰泛紅地把裙襬往下拉回原位。接著把仙杜麗昂拜託燕峰閣的工作人員準備的加冰鹽水緩緩喝進口中……結果蕾芬潔本人以及她頭髮上長出來的花朵都看起來好像逐漸恢復活力了。

「蕾芬潔上校，畢竟妳的身體狀況也讓人擔心，不如就在這邊開始進入我們本身的對談吧。本人利用那個 YouTube 的影片將自己的存在宣傳到德國，把妳叫出來的理由——是為了進行我們本身的戰後會談。」

重新挺直背脊的雪花如此表示後……

「戰後？」

蕾芬潔那對綠色的眼睛不知為何有點不悅似地看向雪花。由於她坐下來的高度比較矮，所以感覺就像從下方瞪著雪花。

「無論德國或日本，與同盟國之間的戰爭都已經結束許久。就算我們如今回來，用日文來講也是『為時已晚』，用貴國的諺語來講就是『牛被偷了才修牛舍』。然而我們分別都從玲之國帶回了不應該擴散出去的素材，若處理得不好，將會導致世界第三度陷入混亂。畢竟這互相都是軍事機密，本人並不會要求彼此公開。但為了不要讓那東西對現在和平的世界造成負面影響……本人希望締結協定，禁止將我們的力量拿來使用。」

態度真誠地如此表示的雪花——果然從列庫忒亞帶回了什麼東西，並擔心那東西可能在現在的世界引發嚴重的問題。

這我也可以理解。例如說萬一就像早川環境副大臣所說，她們帶回的是能夠靠詛咒殺害敵國重要人物的術法——而且讓那東西擴散出去——現今勉強保持在和平邊緣的世界勢力平衡就會一口氣崩壞了。

然而從軍帽帽簷底下瞪著雪花的蕾芬潔卻回應：

「──總統命令是絕對的。」

態度就跟雪花以前主張『軍令是絕對』一樣。

接著……

「雪花，難道妳要違背軍令，背叛祖國嗎？」

她可愛的聲音中，第一次流露出感情……而且是憤怒的感情如此說道。

「非也。本人同樣不願意違背軍令。然而要是我們的力量成為源頭，進而導致戰爭爆發……將可能違背『護持國體』這個軍人引以為目標的大原則。而且──」

相對地，雪花也用銳利的眼神看向蕾芬潔。

「──玲一號作戰中有以下條目：『萬一皇國敗戰之時，必湮滅所有玲方面相關之證據』──」

這條命令如果只按照字面上的意思解讀，感覺跟蕾芬潔應該沒有關係……但雪花的態度卻感覺不是這樣。

也就是說──她雖然沒有明講，但所謂的「所有證據」也包含德國陣營的情報。

當年戰爭結束後，軍方的機密文件都被燒毀，玲一號作戰也因此被暗中處分掉了。而雪花現在要做的就是同樣的善後處理工作。依循軍令，與蕾芬潔進行會談，締結協定將來自列庫忒亞的力量藏起來。

但蕾芬潔卻不同意這個做法，把眼眶凹陷的綠色眼睛大大睜開——

「總統命令第二十四號中並沒有指示中斷的條目。應當採取的選項只有一個，就是永久續戰。所謂的戰爭，是必須永恆持續下去的行為。」

她聲音中帶著一股熱意，彷彿要開始一場演說似地揮起拳頭提出主張。

聽到她這段話的伊碧麗塔與卡羯頓時傷腦筋似地互看了一眼。她們說過蕾芬潔與她們的思考方式不合，看來就是指這方面的思想上無法相容的樣子。

相對地，雪花則是——對於蕾芬潔這段發言什麼話也不說，只是將雙手放在大腿上，閉起眼睛，似乎在思考什麼事情。那態度看起來也給人一種知道蕾芬潔現在提出的想法卻置之不理的感覺。看來這下必須由我站出來代表日本陣營提出反戰主張了。

「什麼續戰……妳到底在講什麼？妳的同伴們難道都沒有拿歷史書給妳讀過嗎？現在可是世界和平，而和平毫無疑問是最好的狀態啊。」

就像雪花剛回來的時候完全是個帝國軍人的態度一樣，想必蕾芬潔也同樣還保持著納粹時代德國軍人的感覺吧。畢竟按照卡羯她們的說法來推測，蕾芬潔從列庫忒亞回來應該也還沒經過多少時日。

那麼百聞不如一見，讓她好好看看現代的世界，應該很快就能讓她理解戰爭本身已經是過去的遺物了。但魔女連隊的人卻不知是想討好她還是怎樣，似乎還沒有讓蕾芬潔明白這點的樣子。

既然這樣，現在難得是一場會談的局面，只要將這點好好告訴她——

——然而就像是搶在我這樣的想法之前先行拒絕似的，蕾芬潔用帶有黑眼圈的眼睛用力瞪向我。

「遠山金次，你的想法從最根本的部分就錯了。戰爭是惡、和平是善的想法完全是顛倒的思考。其實戰爭才是善，和平才是惡。戰爭是為了促使人類進化而進行的自然行為。」

「促使進化……？」

那是什麼意思？

「戰鬥」這樣的行為，目的就是要擊倒敵人。為了搶奪土地、資源或經濟圈，國與國之間才會互相爭鬥。認為這就是常識的我，實在無法理解蕾芬潔所說的「進化」這個目的的真意。

然而伊碧麗塔與卡羯則是——彷彿之前已經有聽過這種說法似的，露出傷腦筋的表情。至於不知為何心不在焉地進入冥想模式的雪花，以及只會用一臉緊張表情看著蕾芬潔的仙杜麗昂的狀況是如何，我就不得而知了。

「——進化是大自然的真理。既然人類也是大自然的一部分，就必須不斷進化才行。而在進化之中，鬥爭是不可或缺的要素。看看大自然吧。牙齒越銳利的獅子、腳力越強健的馬才能存活下來，藉由自然淘汰使進化持續。透過生存競爭，強大的種族會更加繁榮，反之則會滅絕。這是上天賦與生命的絕對規則。」

蕾芬潔用高亢而可愛，但卻很奇妙地讓人感到力量強勁的聲音，所提出的這些主張——

「人類也是一樣，必須無時無刻持續戰鬥才行。戰爭才能夠為人類帶來進化。從鐵器到火箭，人類的進步總是由戰爭促使的。戰爭才是能夠讓人類進化的正確狀態——而和平是讓人類衰退的錯誤狀態啊！」

這是——以七十年前的德國、以納粹主義為基礎的世界觀——

「回到這個時代後，我非常憤慨。現在幾乎整個世界都處於可恨的和平之中，人類無論肉體或精神都徹底弱化了。人類必須進行淘汰與篩選。為了種族的進化與永續，必須要永遠進行戰爭。這個卐字徽章便是為此存在的旗幟。因此讓我們開始吧，持續吧，高貴而可敬的戰爭！我就是為此回到這個世界的——！」

蕾芬潔雖然外表看起來是個用鮮花裝飾的女孩子……但其實卻像個將二戰時代的納粹黨員冷凍保存到現代解凍的女人。而實際上也相當近似那樣的狀態。她的思想與希特勒的著作或演說中提出的主張非常酷似。

想必過去……雖然是魔女但頂多只能當個貧窮花店老闆的蕾芬潔，被全盛時期的希特勒與希姆萊相中，成為了專屬藥劑師而享受過如夢境般的絕佳待遇吧。結果就在那樣的狀況下讓她變得信奉納粹主義，而且那樣的洗腦至今依然沒有被解除。

（怪不得……蕾芬潔會被伊碧麗塔跟卡羯盯上性命……）

那樣的蕾芬潔，對於現在的魔女連隊來說恐怕是很礙事的存在吧。

現代的魔女連隊是一群除了戰鬥、別無能力的魔女們，過著一天算一天的生活，整個組織有如惡質的傭兵團。或許連隊剛成立的時期是真的信奉蕾芬潔所主張的那種意識形態，但那已經跟現在的連隊成員們毫無關係了。納粹的旗幟也只是被當成一種商標來利用，便於召集思想上「以受人恐懼為榮」的惡徒魔女們。

在這樣的組織中，要是忽然有個提出那種激進主張的大前輩跑回來，必然會形成對立。而且要是有成員跳出來附和支持，搞不好會演變成讓蕾芬潔成為女版希特勒的事態。因此組織內會有人希望在狀況發展到那種地步之前先把禍因排除掉，也是很自然的事情。就這樣，伊碧麗塔前來打擊蕾芬潔了。

──不過，其實並沒有必要暗殺，我也不會允許那種事情發生。畢竟蕾芬潔也是個人啊。

就好像雪花的狀況一樣，只要好好跟她講，她就會理解了。應該。

「蕾芬潔，弱小的人類活在世上有什麼錯？認為只要有強大的人活下來就好的想法別說是進化了，根本是退化到動物等級的思考方式。戰後的人類即使沒有透過大規模的戰爭也得到了十足以上的進步，這就是最佳的反證。看來妳對這部分一無所知的樣子，所以我勸妳最好先去好好觀察社會，做做功課。而且就算妳主張要開始戰爭，光靠妳一個人也沒辦法開戰吧。難道妳要跟伊碧麗塔她們一起計畫什麼恐怖行動，然後被我根據準備犯行罪逮捕起來嗎？再說，妳是要讓哪裡跟哪裡戰爭嘛。」

我擺出一副「真受不了」的態度如此說道後──

蕾芬潔用她深綠色的嚇人眼睛注視著我，沉默片刻。

接著……

「就是**這個世界和列庫忒亞的戰爭**。」

……她講出了這樣的話。

那種事情有可能發生嗎？我不禁如此疑惑地看向雪花，可是她卻依舊像在睡覺似地閉著軍帽底下的雙眼。妳到底是怎麼回事啦？雪花，拜託妳講講什麼話行不行？

「──那場戰爭想必將會是人類過去從未體驗過的型態。即將到來的那場自列庫忒亞到這個世界的民族大移動──你們是稱作什麼來著……」

「第、第三次接軌。」

仙杜麗昂如此回答蕾芬潔的問題。既然會知道這個詞，代表這位金髮眼鏡小姐也是超能力界的人嗎？畢竟是魔女們的同伴，所以也不奇怪就是了啦。

「第三次接軌──那想必會是引發下一場世界戰爭的機會。列庫忒亞可不是什麼安逸的童話世界。那裡也有企圖擴張自己領土的好戰女神們。雖然我原本是為了與同盟國交戰，不過現在我為了打破這個可恨的和平狀態，將會把與我締結了同盟關係的列庫忒亞女神們召喚到這個世界來。當面對必須與最新的戰車、戰鬥機甚至核彈都無效的存在進行攸關種族存亡的戰爭時，人類才會得到飛躍性的進化啊。呵呵呵……」

列庫忒亞的、女神們。

那和世間一般所謂概念上的神明不同，應該是尼莫跟恩蒂米菈都曾經提過、在那邊的世界類似女王的存在吧。就好像在這邊的世界也被稱為「神」的緋緋神一樣，恐怕是擁有實體和人格，強大而超凡的存在。

從發言中聽起來，蕾芬潔在列庫忒亞已經跟多位女神打好了關係。她原先的目的應該是慫恿那些女神們到這個世界來搶奪領土，讓她們侵略美國或蘇聯吧。然而她現在則是打算沿用那個同盟關係，引發一場促使人類進化的戰爭。

雖然那種事情不可能立刻辦到，而且聽起來她似乎要等第三次接軌發生的樣子，不過既然會明言說出「把她們召喚到這個世界來」這種話——就不能排除蕾芬潔能夠像拉斯普丁納叫出透明龍一樣，靠她自己的能力進行召喚行為的可能性。

這下……事態變得無法一笑置之囉。

擁有能夠與當年的美國或蘇聯正面交鋒的戰鬥力，靠核武也無法擊倒，即使在列庫忒亞的超能力者之中也強大到堪稱神明的存在。要是那樣的人物大量來襲，人類可沒有獲勝的保證。再說，那樣的存在搞不好靠武力無法壓制的可能性很高。就像以前交手過的緋緋神同樣是「好戰的女神」，而我和亞莉亞當時也不是用槍擊敗對方。最後是靠心理性、超能力性的手法分出勝負。

「我今天是來邀請雪花一起參與這場戰爭。雪花，為了即將到來的列庫忒亞戰爭，要不要與我一同站出來？不，妳必須站出來。身為盟國軍官，妳有義務與我一同戰鬥、一同赴死，成為繁榮未來的基石。」

對進入沉思的雪花如此熱情主張——不知不覺間和頭髮上的花朵一樣變得很有精神的蕾芬潔——在某種意義上也可以算是「鬥」派。

雖然她打算做的事情很瘋狂，不過跟試圖引發第三次接軌、將連結列庫忒亞與這個世界的門打開的「泛種之門」派系，是屬於同方向的思考。

這雖然跟N，以及過去做過多次被歸類為「門派」行動的我是同個派系……但蕾芬潔所期望的接軌現象，遠比N所提倡的促使超自然女性大規模移動並與人類交融的接軌現象還要激進。必須阻止她才行。

受邀合作的雪花——即使在這樣的狀況下也依然保持著冥想模式。

或者說……

我漸漸理解雪花究竟在幹什麼了。雖然她也能辦到**那種事情**讓我感到很驚訝——不過看來她在很早的階段就判斷出不得不這麼做了。從開始會談前的態度與行動就已經能看出來，雪花的預測認為能夠靠話語跟蕾芬潔上校溝通的可能性很低。這也許是因為她看過前往列庫忒亞之前身為一個納粹信徒的蕾芬潔，或是因為她在列庫忒亞聽聞過什麼關於蕾芬潔的行動，也或許是這兩個原因都有。

然後雪花現在判斷出說服蕾芬潔，封印來自列庫忒亞的力量果然是不可能的事情。

可是，即便如此，該講的話還是要跟她講才行啊。

就算對方接受的可能性很低，不，就算可能性是零……！

「蕾芬潔，這個世界上至今依然存在各種問題，因此進化確實是有必要沒錯。但人類即使不靠什麼與列庫忒亞的戰爭也應該能夠進化才對。雖然由於不是賭上性命，步調或許會比較緩慢，不過在和平之中同樣會產生進化。更重要的是，人類獲得和平這件事情本身，就是一種進化了。妳別多事讓人類在這點上退化。還有——像瓦爾基麗雅、墨丘利、阿斯庫勒庇歐斯、恩蒂米菈——我過去見過好幾個列庫忒亞人。有交手戰鬥過，也有交談溝通過。所以我知道，第三次接軌肯定是可以和平進行的。而在那過程中，想必也能達成足以讓妳心服口服的飛躍性進步。妳不要破壞那樣的機會。」

我這段對於將連接列庫忒亞的門打開的事情本身並不反對的發言，讓伊碧麗塔與卡羯都露出有點驚訝的表情。或許魔女連隊跟其他的魔女們一樣，是傾向「砦派」的立場吧。

彷彿與頭髮上如今鮮豔綻放的花朵同步似的，臉色變得相當好的蕾芬潔接著——

「哦？你跟列庫忒亞的人接觸過啊。既然如此，你就要來加入我們的世界戰爭。畢竟日本的一部分將會是戰爭的第一個舞臺，將會成為女神的領土。」

她不但對我的發言內容毫不理會，甚至反而勸誘我加入她的軍隊。是說，她這段話——

「那是什麼意思？為什麼日本會……」

聽起來蕾芬潔似乎打算讓列庫忒亞的女神攻擊日本啊。

「這個世界上有種稱為色金的超自然存在，可能會阻礙列庫忒亞的女神們的能力。魔女連隊的紀錄中顯示你和在這裡的卡羯．葛菈塞進行過與色金有關的戰鬥，因此你應該也知道這件事才對。色金會以地球規模散發出強力的超能力阻礙物質，不過那個濃度在日本很低。若要讓全世界的人類與列庫忒亞交戰，就必須抹殺所有的色金，同時讓與色金共享力量的人也滅絕——不過在那之前，首要的任務是在日本的某個地區建立戰爭的橋頭堡。我接下來就會來預先改造那裡的環境，讓列庫忒亞的女神們便於活動。這就是這場戰爭的第一步。」

聽到蕾芬潔的發言，我差點就暈了。

由於我和亞莉亞以前把緋緋色金送返太空，所以現在日本確實成為了阻礙超自然力量的色金粒子比較稀薄的空白地帶。拉斯普丁納也說過，因此世界各地的魔女們都陸續搬到日本來了。

蕾芬潔就是看上這點，打算在日本召喚列庫忒亞的女神們。

她還說要把色金以及與色金共享力量的人——也就是亞莉亞她們抹殺掉。為的是從地表排除色金粒子，讓列庫忒亞的女神們在與人類交戰時能夠充分發揮力量。

（……亞莉亞危險了……！）

很遺憾地——

我不但沒能說服蕾芬潔，甚至反而有了一項與她對立的明確理由。蕾芬潔，只要事情扯到亞莉亞，我也會變成一個靠話語無法溝通的男人喔？

另外，到這裡為止的談話內容也讓我搞清楚了一件事情。那就是一直以來在我心中搖擺不定，關於自己在「門派」與「砦派」之間的立場。

自從和尼莫的那件事以來，我的思考方式變得傾向「門派」。不過如今我總算明白，同樣是門派之中也存在有各種不同的立場。

首先，對列庫忒亞的女性們無差別地感到恐懼，堅決不讓她們進入這個世界的「砦派」思想是錯的。隔絕這個世界與列庫忒亞的「門」，其實就算打開也沒關係。想過來的女性就讓她們過來也可以，但前提是必須基於本人的意志穿過那道門進行移動才對。

N所主張的——為了讓這邊世界的超能力者們獲得利益而促使民族大移動的想法，是錯的。蕾芬潔所主張的——為了進化而故意引起衝突的想法，更是大錯特錯。

列庫忒亞的人民不是道具，是活生生的人。

即使像恩蒂米菈一樣耳朵很尖，即使像瓦爾基麗雅一樣頭上長翅膀，即使像墨丘利一樣沒有固定的形狀，都一樣是人。我認同她們都是人。

「伊碧麗塔，卡羯，妳們去告知魔女連隊所有成員，總統命令是絕對的。為了列庫忒亞戰爭，應當再次對那面卐字旗以血誓忠。雪花，我接下來要建立橋頭堡的場所，是妳既然身為帝國軍人就必當合作的地方。金次，對於現在的日本人來說，也是一樣的道理。」

蕾芬潔上校先對伊碧麗塔與卡羯，接著對雪花與我伸出手如此說道。

就在這時……

……雪花將她那對黑曜石般的眼睛緩緩睜開。

身為親人，我可以知道。雪花現在**進入爆發模式了**。

一如我剛才的猜想，她是進入靠白日夢自主分泌β腦內啡的爆發模式——幻夢爆發，或者與之類似的手法。我本來以為幻夢爆發是我獨創的方法，但看來雪花也有靠她自己的方式發明出同樣的東西。

「蕾芬潔上校……本人在一群愛管閒事的人招待下，看過了現代的城市。在那街上，過去那場戰爭甚至連一點痕跡都沒有留下。雖然本人起初對於這點感到很不愉快，但現在倒是認為其實那樣也很好了。」

從雪花講話時嬌豔的眼神可以感受出來，她似乎是利用之前在澀谷與原宿的回憶進入爆發模式的。雖然我並不清楚具體上是哪些回憶就是了。

「戰爭已經結束。早在很久之前。妳和本人終究都只是失去了獻身報國機會的殘存者。而既然沒得死，何不與現在的世界一同活下去呢？」

這恐怕是她最後的勸說了。

既然進入爆發模式，就代表雪花雖然嘴巴那麼說，但內心其實早已做好與蕾芬潔一戰的覺悟。

如果蕾芬潔拒絕雪花的提議，雪花便會用締結協定**以外的方法**達成『湮滅所有證據』的軍令……真正徹徹底底地結束過去的那場戰爭。

相對地，蕾芬潔則是——

「戰爭才沒有結束。怎麼可能讓它結束。如果已經平息，只要再掀起新的戰端便行了。」

即便是活在同樣時代的雪花講出口的話，也沒能解除納粹德國對蕾芬潔施加的洗腦，沒能將她從過去時代的束縛中拯救出來。

——接著就在這時……

「上校，立刻中斷妳的那項計畫。現在的魔女連隊是因為能夠壓倒性地勝過魔力較弱或者完全沒有魔力的敵人，才會受到各國高薪雇用。要是在這樣的狀況下找來魔力比我們強的存在，將可能危及我們自身的立場呀。」

「最壞的狀況下，搞不好整個連隊都會被外來的傢伙篡位，讓我們全都變成對方的部下囉？」

伊碧麗塔與卡羯也都出面試圖制止蕾芬潔。

不出我所料，她們的想法是偏向「砦派」的。由於不想讓自己現在的立場受到威脅，所以不希望列庫忒亞人過來的樣子。

「伊碧麗塔・伊士特爾，卡羯・葛菈塞，妳們這些沒膽識的傢伙。既然妳們遺忘了總統閣下的教誨，我要以反叛罪制裁妳們。魔女連隊是軍隊的一部分，軍隊乃是為了淘汰弱者而存在的啊！」

即使面對以階級來講應該是她長官的伊碧麗塔，蕾芬潔也依然表現得頑固。或者說，明明在場除了仙杜麗昂以外沒有其他自己人了，她的氣勢卻絲毫未減。起初還讓人感覺那麼虛弱的說，現在的她卻散發出甚至讓人感到畏縮的強大存在感。

這感覺……看來她也是屬於會將平時抑制的力量「提升」的類型。恐怕是跟遠山家的爆發模式、原田靜刃的潛在能力解放、伊藤茉斬・可鵡韋姊弟的多層腦連結類似的能力擁有者。蕾芬潔也跟雪花一樣，從氣氛上察覺出這次的會談將會破局，所以在不被周圍人發現下偷偷進行了戰鬥準備。

「蕾芬潔上校，所謂的軍隊應該是為了保護國家而存在。這是本人無論從前或現在都不變的信條，也是當年貴國與我國思考方式上的差異。」

我可以感受到，雪花如此說的同時已經把意識放到自己的軍刀上了。

「……虧我們好心把日本人列為名譽優越民族，結果你們卻得寸進尺……你們果然只是劣等民族，不，根本是一群猴子。我要淘汰你們。」

蕾芬潔也睜大她有黑眼圈的綠色眼睛，露出本性似地改變了講話方式。

——要開始啦。她會怎麼出招？

我也不知算幸或不幸地，剛才因為蕾芬潔的關係多多少少得到爆發模式的血流。雖然並非完全，但最起碼可以插手介入那兩人之中。

就在雪花對蕾芬潔，蕾芬潔對雪花與我兩人，各自都把全身的專注力放在對手身上時——喀嚓——

「要受到反叛罪制裁的人是妳，蕾芬潔上校。把手舉起來。我要將妳除名，並逮捕妳。妳就在黨審判公堂上努力為自己辯護吧。」

伊碧麗塔從槍套中拔出手槍舉向蕾芬潔。是華爾瑟Ｐ３８——當年德意志國防軍使用的制式手槍。把那樣的手槍舉向對方的行為，代表著比一般手槍更重大的意義，那就是已經不把對方視為自己人的意思。而且既然是舉向一個魔女，裡面裝的也想必不是普通的子彈。

卡羯也從胸前口袋拿出一個細水壺，將水含入口中。對於擁有「厄水魔女」稱號的卡羯來說，那就是她的戰鬥準備了。

「哼！妳們原本就是抱著那樣的打算前來赴會的對吧？我其實也有在試探妳們，但看來妳們是真的墮落了。那好，我就把妳們淘汰掉。但不是在這裡。魔女們就聚集到列庫忒亞戰爭的戰場上，成為生命進化的基石吧。Sieg Heil（勝利萬歲）！」

蕾芬潔擺出納粹式敬禮聚集眾人的目光後……

「對、對不起！我有受到指示，如果在這時候聽到這個暗號就要這樣做呀！」

在場所有人都沒在注意的——眼鏡美人仙杜麗昂忽然用快要哭出來的表情如此大叫，並且將她不知何時從手提包中拿出來的卡其色罐子上的鐵栓拔掉了。

（……煙霧彈……！）

仙杜麗昂就像丟保齡球般把那罐型炸彈滾向宴會廳中央……我雖然想把它撿起來丟到窗外，但來不及了。隨著「砰！」的一聲，煙霧頓時瀰漫室內。同時也聽到伊碧麗塔「磅！」一聲開槍的聲響。

（該死！居然以出乎預料的形式開戰了……！）

我拔出貝瑞塔，撥開白煙衝向蕾芬潔的座位。結果跟似乎同樣衝向那個位子的伊碧麗塔當場頭撞頭。

——椅子上沒有人。旁邊也看不到仙杜麗昂的身影。被她們逃掉了。

「咳咳咳……！進到氣管了……！」

卡羯大概是一時驚訝，不小心讓為了射水槍而含在口中的水逆流，結果嗆到了。

由於爆炸聲與開槍聲接連響起，讓我沒什麼把握，但我並沒有聽到宴會廳的門開關的聲音。煙霧也沒有飄往那方向。也就是說，那兩人是從剛才為了降低室溫而打開的窗戶逃出去的——！

由於一片白煙害得我一下又踩到卡羯的腳，一下又被自己剛才坐的椅子絆到——好不容易才抵達吐出陣陣白煙的窗口。

除了煙霧以外又加上開始吹起風雪的天候，讓視野看不太清楚。不過可以聽到尖銳的引擎聲，是Kettenkrad Icebell。隔著煙霧與雪幕也能隱約看到停在燕峰閣大門前車道上的那玩意開始動起來的影子。

「在外面！」

我如此大叫後，一旁忽然飄來桃子般的香氣——

「吶喊——！」

伴隨戰爭電影中通常是大叫「突擊！」的這句叫喊聲，雪花全身往外跳下一樓。

「蕾芬潔——！」

緊接著衝到窗邊的伊碧麗塔毫不客氣地在我耳邊「磅磅磅！」地開槍，但由於距離、煙霧加上她超遜的射擊技術，根本沒有擊中目標。

被槍聲搞到耳鳴的我與用袖子擦拭嘴角的卡羯，幾乎同時從窗戶跳了下去。

現在無論如何都要先追上蕾芬潔才行。可是要怎麼追才好？

Kettenkrad 已經從直接連結燕峰閣的滑雪場上開始沿著坡道往下逃了。側坐在後座的蕾芬潔長長的頭髮散出五顏六色的花瓣，在一片銀白色的世界中飛舞。

（我們也要有車子之類的東西——）

不，普通的車子想必只會在雪地中變得動彈不得，可是靠雙腳也實在不可能追得上。

我雖然努力衝到燕峰閣的大門口附近，但也只能站在那裡茫然俯視著滑雪道——

「遠山！用這個！雪花也是！」

就在這時卡羯扛來的東西是……單板與雙板的滑雪板。是她們在會談開始前玩過的東西。卡羯自己也已經套上較短的滑雪板，邊滑邊把那些東西拿來給我們。

「……！……」

出乎預料的展開，讓我不禁想咬牙切齒……的時間都沒有了。

蕾芬潔似乎早有為了雪花與伊碧麗塔可能拒絕協助的狀況做好準備。我可以隔著一片雪景看到停在遠處的Ｆａ２６９改後部像溜滑梯的艙門並沒有關上，而且左右兩個螺旋翼也依然在旋轉。她是打算讓 Kettenkrad 開進機艙內就立刻起飛啊。

畢竟現在沒時間準備適合尺寸的滑雪靴，於是我從腰帶拉出繩索，用馬尼亞戈短刀切斷，分別準備四十與五十公分長的繩子各四條。將其中一半遞給雪花後，我把自己的鞋頭與鞋跟綁到單板滑雪板的固定器上，而雪花也同樣把腳綁到單板滑雪板上。

用繩索把鞋子固定在滑雪板上的做法，是從戰前到戰爭時期被利用過的方法。不過單板滑雪用這招的恐怕我是世界頭一遭吧。

卡羯對衝出大門的布洛肯與埃德加做出「Stay」的手勢制止後……

「要是讓Focke-Achgelis改都逃掉就輸了，快！」

她如此大叫並用滑雪桿一推，滑向滑雪道。

「——咱們追！金次，跟上來！」

雪花則是連滑雪桿也不用，將拔出刀鞘的軍刀架在一旁，滑向斜坡。

我回想起武偵高中一年級時在冬季山岳訓練課程中，被蘭豹硬教出來的單板滑雪技術，並進入滑雪道。

仙杜麗昂駕駛的Kettenkrad將雪左右撥開成V字形，有如一臺犁式除雪車般不斷行進。目測時速約八十公里左右。

卡羯與雪花都將兩片滑雪板保持平行，飛也似地直線滑落，追在Kettenkrad後方。那兩人看來都很擅長滑雪，時速很快就超過了九十公里。

我則是接在她們後面，避開凝結的雪塊，往後側翻，往前側翻。好，身體漸漸回想起滑單板的感覺了。

由於前方迎面撲來的細雪而不禁瞇著眼睛的我，為了進行威嚇射擊把手伸向槍套……但又想到這裡是雪山。雖然我認為這個季節應該還不需要那麼擔心，不過在雪山要是胡亂發出槍響，搞不好會有引起雪崩的風險。還是把距離再拉近一點後——

正當我這麼想的時候，從Ｆａ２６９改的方向卻忽然傳來「噠噠噠！噠噠噠！」的槍響。雖然即使靠爆發模式的視覺與聽覺也很難清楚判斷——不過被當成艙門砲朝我們開槍的武器，應該是萊茵金屬／毛瑟ＭＧ３４機槍，大戰期間德國開發出來的史上第一把ＧＰＭＧ（通用機槍）。兩名應該是在哥本哈根加入了蕾芬潔麾下的魔女連隊女子分別擔任射擊手與彈鍊手。

但畢竟距離還很遠加上有風雪妨礙視野，她們的攻擊頂多只能算是威嚇射擊的程度。子彈「噗噗噗！噗噗噗！」地打在前方雪花與卡羯周圍的地面上，激起倒圓錐形的雪片飛沫。

雖然感覺應該不太會被擊中，不過隨著著彈點越來越接近——那兩人還是不得不「沙沙！沙沙沙沙！」地立起滑雪板的角度左右轉彎滑行了。

單板滑雪的我追上雙板滑雪的那兩人，三個人反覆進行迴避動作，讓滑出來的雪跡互相交錯。一邊閃躲子彈一邊滑行的路徑複雜交織，我和卡羯差點就要撞上。不過卡羯用力伸出握著滑雪杖的右手，我也用力伸出左手配合——很有默契地互推對方，形成兩人並行的姿勢。

「遠山，這是第二次和你在雪山合作啦。哎呀，你就當成是對抗蘇聯的訓練吧。」

「蘇聯早就沒有啦。」

我們如此開著玩笑的同時，發現前方地面有個較大的隆起雪包，於是我將卡羯推開，自己則是直接滑上雪包，屈膝伸展跳躍。

——接著「啪唰！」一聲放軟膝蓋在雪地上著陸，很帥氣地完成一段雪上特技……但由於我和雪花都是穿白色軍服，互相看不清楚，結果這次換成我們兩人快要撞在一起了。

讓一頭黑色長髮隨風擺盪的雪花，一邊滑行一邊把軍刀換到左手，並朝我伸出戴著白手套的右手。於是我就像剛才對卡羯一樣用力伸出左手，準備與她互推——的時候，由於距離接近而準度提升的機槍子彈忽然「噗噗噗！」地擊中我近處的地面。

「嗚喔……！」

我因此身體偏移……

結果我就像鷹爪般大大張開的左手——我向上天發誓，絕不是故意的——

「——嗚——！」

「～～～～！」

——一把抓住了雪花的右邊胸部，柔軟的肉甚至從我的手指之間擠出來。為什麼偏偏要在這種時候發生這種意外啦！

雖然我很想立刻把手移開，但是被子彈追在後面的我反而只能不斷往前推著雪花的胸部，把全身往她的方向靠。而且還要保持著時速約九十公里左右的速度滑行。結果這個動作導致我的手變得根本已經是在揉雪花胸部的狀態，讓她那溫熱的肉球輕易又煽情地不斷改變形狀。好、好柔、好柔軟啊！雪花則是「哇」「啊」「哇啊」地發出聲音——以一片雪地為背景，讓整張臉都紅得像日之丸旗了。

「為為、為什麼偏偏挑這時候！」

「我也是這樣想啊！抱歉！」

「本、本人已經、啊！啊嗯！再、再三說過、本人是你親戚了啊！這個貓狗畜生！」

——咻！雪花竟朝我揮出軍刀了！雖然我靠大幅後仰的姿勢在千鈞一髮之際躲開，但她這刀根本是瞄準我衣領以上的部分吧！

為了躲開又是子彈又是刀刃的攻擊，我小心不要讓滑雪板傾向反角度的同時，使出一百八十度跳轉。接著把重心移向前方，將後側肩膀轉向背面使出圓規轉。雖然機槍子彈「噗斯噗斯」地打在周圍地上，加上軍刀「唰唰唰」地揮舞的情景有點恐怖——不過我之所以能夠像極限運動猛者的亞莉亞一樣使出這些花式技巧，都要多虧剛才那段與雪花的濃密接觸呢。雪花，如果妳願意好好寵愛我，要我當妳的貓狗我也願意喔。喵喵。汪汪。

靠蕾芬潔點起火苗，再靠雪花完成的這個爆發模式——非常強固。

雖然這樣有悖於女士優先的原則，不過接下來就讓我加速吧。

於是我緊急加速，在雪地上滑出一道明顯的軌跡。時速輕易衝過一百公里——一口氣逼近 Kettenkrad Icebell。並且為了不要被撥起的雪濺到身上，而緊跟在車體的正後方。

蕾芬潔的秀髮有如飄撒鱗粉般散出花瓣，就像曳光彈似地從我左右兩側飛過。我跟Kettenkrad之間的距離三十、二十公尺地漸漸縮短。如今已經可以清楚看到側坐在後座的蕾芬潔把頭轉向我……咧嘴露出教人毛骨悚然的微笑。

「哦？最先追上來的竟然是你啊，真是意外。虧你能夠追得上我，詛咒的男人。」

「是本能讓我追上妳的。」

「本能？」

「男人見到女人逃跑就會想追啊。如果是個好女人就更不用說了。」

我說著這種話對蕾芬潔打馬虎眼——並緩緩拔出貝瑞塔。

Kettenkrad撥起的雪形成的大V。單板滑雪板撥起的雪形成的小V。

究竟哪一邊會獲得勝利。來，一決勝負吧。

風雪逐漸增強，讓視野變得很差。但我還是可以清楚看到妳喔，蕾芬潔。像是異性服裝而給人一種顛倒魅力的黑色制服。一頭焦褐色的長髮。那秀髮上色彩繽紛的異鄉花朵。

「蕾芬潔，我可以看到妳的全部。我現在就過去妳那邊，妳做好覺悟吧。」

我從拋彈殼孔將纖維彈裝入膛室——「砰！」一聲朝Kettenkrad的後端擊發。就算是為了不讓她們抵達Ｆａ２６９改，我也不會選擇將蕾芬潔或仙杜麗昂從車上擊落。畢竟以那樣的速度從車上摔落下來很可能危及生命，更重要的是我不想傷害女性。因此我就爬到車上，逼她們停車吧。

纖維彈在半空中前後分裂，前進彈子穿過蕾芬潔的秀髮下，「噹！」一聲擊中

Kettenkrad的後部。我同時「啪！」地抓住發出藍光的滯空彈子，把延伸出來強韌且細到幾乎看不見的纖維綁到腰帶的繩索絞盤上。

讓自己與Kettenkrad互相連結而變得像在玩水上滑板狀態的我——接著轉動絞盤，一點一滴縮短中間的距離。由於多了拖動我的重量，讓Kettenkrad稍微減速。也多虧如此，從後跟上的卡羯與雪花也逐漸接近了。她們躲在Kettenkrad刨起的大量雪幕之後，卡羯從右後方，雪花從左後方來。另外也因為我們靠近蕾芬潔的緣故，Fa269改的射擊也變得消極了。真是感激。

「……畢竟我在只有女性的列庫忒亞生活了很長一段時間。男人嗎——呵呵，其實也不壞嘛。好，我就特別准許你抓住我的頭髮。這可是很特別的事情喔？是意味著讓你進入我之中的愛的儀式。來，伸出你的手吧。」

——頭髮？

雖然我確實已經逼近至伸手就能抓到她頭髮的距離了，可是……

「那聽起來很像是什麼魔術方面的事情，但我聽不太懂啊。就讓我鄭重拒絕吧。抓住女性的秀髮？做那種事情的男人根本太惡劣了。」

雖然我跟亞莉亞打架的時候好像也經常會抓她的雙馬尾，不過那是「那邊」的我。這邊的我可是一輩子都不想做那種事情。

「那我就反過來抓住你吧……你肯定、非～常美味啊……！」

如此奸笑的蕾芬潔敞開的長髮中——

從下方……露出了至今都隱藏起來的玩意……

長有綠色的葉片、宛如粗藤蔓的東西朝我伸了過來。就像蛇一樣不斷蠢動，一條、兩條……陸陸續續出現了五條。

（……這是什麼……！）

朝我逼近的那些藤蔓前端，還有個真的像巨蛇嘴巴般會張開的器官。裡面還有利齒，簡直就像巨大的捕蠅草。雖然那很明顯是植物，但我從沒見過也沒聽過。

（這是……蕾芬潔從列庫忒亞帶來的植物嗎……！）

伴隨「喀鏘！喀鏘！」的金屬般聲響，那些玩意對著虛空大肆啃咬起來。當Kettenkrad大幅搖晃的時候，它們就會「喀鏘喀鏘喀鏘！」地一起咬動。看來那些嘴巴是感應到刺激或震動就會啃咬的樣子。嘴巴內還有顏色看起來很毒的黏液，應該擁有跟食蟲植物的捕蟲器同樣的性質。只是從那尺寸與啃咬的力道看起來——它們捕食的對象不是什麼蟲子。恐怕是把動物或人類連骨帶肉一起咬碎，化為自己的養分……！

「……來~吧，從我的頭髮、到我的體內、來吧……嗚呵呵呵……」

蕾芬潔似乎能夠在某種程度上按照自己的意思操控那些巨大捕蠅草的樣子，而用它們對我進行牽制。雖然那玩意看起來應該不會無限延伸，但這下我變得無法靠近那藤蔓的長度三公尺的範圍內了。

「蕾芬潔大人，請抓穩！」

仙杜麗昂按響喇叭並如此警告後，Kettenkrad 大幅左彎——避開排列在前方的多個雪包。這部分似乎是這座滑雪場還在經營時當成滑雪道挑戰區域的雪包坡面。

（……雪花！）

仙杜麗昂和蕾芬潔都沒有注意到，雪花正從左側逼近，路徑上剛好會跟轉彎的 Kettenkrad 互撞……！

被 Kettenkrad 牽引的我也跟著左彎，讓滑雪板把雪像波浪般鏟起來。光是保持自己的姿勢就很勉強的我，現在完全無能為力。無論是讓 Kettenkrad 停下來，或是讓雪花停下來，我都辦不到……！

「……啊啊！遠山雪花，在左邊——！」

總算發現的仙杜麗昂如此大叫……

「——嘻嘻嘻！已經沒差了，撞上去！給我撞死她！讓她四分五裂的屍體散落這片雪地吧！」

蕾芬潔發出極度亢奮的笑聲，無情地如此下令。

從雪花的方向吹來的風雪，以及從蕾芬潔的方向飄舞的五顏六色花瓣。用幾乎快趴到地面的銳角轉彎的我抬頭看到的景象，簡直有如雪與花複雜交錯的異次元空間。

將閃閃發亮的軍刀架在下方的雪花……

「——這片櫻花吹雪——」

不但對逼近自己的 Kettenkrad 毫不閃避，甚至反而加速起來。

在她前方有一座宛如小山的雪包——

「如果妳有辦法讓它散落，妳就試看看吧！」

如此大叫的雪花利用那座雪包「啪！」地跳躍起來，就像貓跳滑雪（Mogul）的full twist般一邊空翻一邊扭轉身體。讓上下顛倒的身體飛越Kettenkrad的正上方，不知何時已經解開紙緞帶的黑髮描繪出一道優美的弧線，配合全身的旋轉力道高舉軍刀的那個架式——

（那是——天拋……！）

在老爸那一代被封印的夢幻攻擊技，天拋……！

無論再怎麼強韌的敵人，對於來自正上方的攻擊都會很弱。因為在正常的狀況下不可能遇到從正上方遭受攻擊的事態，所以會缺乏防備。再加上對任何人來說，頭頂上都是個死角。遠山家不知哪一位祖先看上這個弱點而研發出來的招式，就是這個大幅跳躍起來從對手正上方投擲攻擊的「天拋」。

由於這招是攻擊對手的頭頂，幾乎毫無疑問會將對手殺害，就算沒死也會重殘，因此老爸沒有傳給大哥，讓這招就此斷絕了——據說這招發明當初是投擲刀劍，到後世則被改良成射出肉眼看不見的利刃。那所謂「看不見的利刃」在我跟大哥之間有真空說或衝擊波說這兩種假說，然而雪花的天拋……似乎兩者都不是。因為……

那刀身竟**散發出緋紅色的光輝**，是從護手一路燃燒到刀尖的火焰。

（騙、騙人的吧……！）

——那個光輝，是緋緋星伽神——！

那是白雪用色金殺女施展過的、星伽候天流的奧義。

天抛，緋緋星伽神，兩邊都不是我眼花看錯。很明顯就是那兩招。

雪花能夠把遠山家的招式與星伽家的招式**組合起來**啊……！

——咻磅磅磅磅磅磅——！

細雪蒸發為水蒸氣，如櫻花吹雪般飛舞在上空——火焰的粒子接著從天上朝Kettenkrad大量撒落。

隆隆隆隆隆隆隆隆！火焰榴彈擊落在Kettenkrad周圍，可是……

（……嗯……？）

那威力——遠比我預估的還要弱。

緋緋星伽神給我一種放招並不完全的印象。一瞬間垂下嘴角的蕾芬潔與壓低頭部發出尖叫的仙杜麗昂都毫髮無傷。

難道是因為把兩種招式組合起來的緣故，導致兩邊的威力都變得不上不下了嗎？

不對——

「——嗚……！」

越過Kettenkrad「啪！」一聲降落到另一側滑雪道上的雪花，臉上的表情顯示並非如此。出招的結果和她自身預想的內容不一樣。是因為她一邊滑行一邊出招的關係而失敗了嗎？

即便如此，雪花這個攻擊還是有其意義。Kettenkrad更加減速，讓卡羯從右邊逼近了。她鼓著臉頰，大概是把雪含到口中正融化成水吧。另外手中還藏著一根棍棒……？不，那是M24柄式手榴彈啊。

「呀哈哈！再來，再來啊，雪花。和我一起更加進化吧！」

在位子上表現得精神煥發的蕾芬潔，雙腳也很有精神地不斷甩動，連帶使裙子也不斷被掀起，讓她細瘦的大腿都曝光到最根部了。雖然在這種狀況下也讓人忍不住會看過去，但現在應該注視的不是那裡。而是她假裝沒有注意到卡羯，故意讓卡羯接近後，打開Kettenkrad的側面貨箱拿出來的——

「——黑貓啊，也賞妳一些飼料吃吧！」

MP28衝鋒槍。特徵是像乳酪一樣滿是空洞的槍管滑套，以及蕾芬潔「喀嚓」一聲從側面插入機關部的彈匣。

那把便於活動、過去在戰壕戰大為活躍的衝鋒槍「噠噠噠噠噠！」地接連發出破裂似的尖銳射擊聲。Kettenkrad也往右彎，逼近卡羯。連同被車體牽引的我一起。卡羯則是被開心大笑的蕾芬潔射出的子彈逼往我的方向——的時候，透過後照鏡確認我位置的仙杜麗昂忽然將方向桿一轉……

「嗚咕嗚咕！」

「嗚喔！」

各自握著柄式手榴彈與滯空彈子的卡羯與我沒能伸手互推，結果當場撞在一起。

趕緊彎下身子甩開的我，忽然被某種溫熱的水濺在頭上。這是什麼？隱約飄散出一股酸甜的氣味，還有像稀釋香皂水的氣味。啊！應該是卡羯剛才一直含在口中的水吧。真是驚訝。原來女孩子把含在口中的水吐出來就會變成香水啊。這或許是所有女孩子都擁有的魔法呢。不過為了不要染上莫名其妙的爆發習性，我不會繼續深入思考就是了。

「嗚哇哇哇啊啊啊啊！」

滑雪失控的卡羯讓滑雪杖跟柄式手榴彈都掉到地上……「轟！」一聲被在她背後自己引起的爆炸風暴吹颩，一口氣偏離了滑雪道。接著順勢滑入結冰的樹林中，避開垂在樹枝下的冰柱──

「嗚喔！」

結果沒注意到腳邊的樹根，讓滑雪板當場被勾到脫落，導致她全身往前撲到雪地上，魔女帽也因此飛到空中。由於速度不算慢，又是在斜坡上，使得她就這樣全身往下滾……讓雪都沾到身體周圍……有如昭和時代的漫畫一樣滾成一顆大雪球了。

卡羯雪人最後因為重量增加導致摩擦力提升而總算停了下來後，她的魔女帽在空中飄啊飄地……落到她上面了。原來那是會自動飛回主人頭上的遙控帽子嗎？

就這樣，卡羯脫隊，只剩下我跟雪花了。相對地 Kettenkrad 因為我們不斷窮追干擾，似乎放棄沿最短距離回去Ｆａ２６９改了。它就跟卡羯一樣──從滑雪道邊緣衝進樹林中。難道是認為讓我們在樹林中躲開樹根或被樹根絆到，就能順利把我們甩開了嗎？

若真如此，那就大錯特錯了。因為 Kettenkrad 本身也必須閃躲樹木，而我其實只要注意腳邊就沒事了。

但雪花或許會被甩開吧……正當我這麼想的時候，卻發現她竟然跟上來了。她把軍刀收回刀鞘，做出彷彿用手撥動空氣的動作，「碰！碰！」地在自己斜後方引發小規模的爆炸，巧妙改變路徑避開樹木。

那是透過高速撥開手心裡的空氣，在全速疾馳的同時得以急轉彎的遠山家招式「蕉驅」，以及我從未見過的魔術組合而成的招式。如果是坐在裝甲車或戰車上使出那招，或許就能像裝了側面推進器的車輛一樣發揮超越常識的機動能力吧。

不過，照理論來想，那招應該可以當成加速器一口氣飛向敵人才對——追到我旁邊的雪花卻沒有那麼做。雖然她也有做出想要那麼做的動作，卻沒能成功。

蕾芬潔讓那些異形植物「喀鏘！喀鏘！」地發出啃咬聲響，並瞪向雪花。

「怎麼啦，雪花？根本不夠啊。妳這樣也算是咱們軸心國的一員嗎？給我拿出真本事！」

「本人拒絕。妳沒注意到嗎？本人只是覺得妳還不夠格當本人的對手而已。」

一頭黑髮如彗星尾巴般直伸向後方的雪花如此回應的聲音中，帶有某種逞強的感覺。她似乎並不是不拿出實力，而是無法拿出實力的樣子。

然而蕾芬潔大概是直接照字面上的意思解讀了雪花這句話，結果露出極為火大的表情——「……」地和雪花互瞪了幾秒，奇怪地停頓了一段空檔後，啪！

「——妳說這樣還不夠格嗎！」

從 Kettenkrad 的座位旁邊……

（……Panzerfaust 30 Klein……！）

用她那對細瘦的雙臂抱起一把有如火箭筒的反戰車榴彈砲，瞄準雪花……！

要是被那種玩意擊中，人體可是會當場粉碎啊。就算爆發模式再怎麼天下無雙，也並不會讓肉體本身變得像鋼鐵一樣堅硬。而且她要是在那個位子發射，仙杜麗昂搞不好會被後方尾焰給燒死啊。

「——雪花！」

我趕緊拋掉滯空彈子，為了遠離敵人而抱住雪花的腰部急轉彎。由於右側有一片樹木密集的場所，因此我轉朝反而很不自然地連一棵樹都沒有的左側。

那個 Panzerfaust 的射程距離很短，我記得應該僅僅三十公尺。只要拉開距離——

（……！）

正當我這麼想的時候，我的眼睛隔著一片風雪注意到雪原另一頭的景象。

剛才由於全都是白色讓我沒看清楚，不過那裡的景色被一條橫線切割了。

——是懸崖嗎……不對，那是雪簷……！

我總算明白這裡都沒有樹木的理由了。這裡是被風吹出懸崖的雪凝聚成一塊像屋簷構造的雪簷上啊。Kettenkrad 開進這片樹林，以及蕾芬潔算準特定的時機拿出

Panzerfaust的目的，都是為了把我們誘導向這塊雪簷上。讓榴彈砲的尾焰可能燒死仙杜麗昂的行為，也是以她的性命當誘餌的陷阱。

——被擺了一道——

「呀哈哈哈！淘汰啦淘汰！Sieg Heil（勝利萬歲）！」

——轟！

蕾芬潔從斜後方朝我們發射Panzerfaust，彈頭沿著一道拋物線飛來。徒手偏導彈已經來不及了。因為我為了不要被擊中，早已自動遠離了射程範圍之外。但蕾芬潔企圖用那顆榴彈粉碎的不是我們，而是**這塊雪簷**……！

——轟隆！隆隆隆隆隆隆隆隆隆隆隆隆隆隆——……！

接著Panzerfaust的爆炸聲響之後，我們的腳下伴隨震動的聲音開始崩塌——這已經不只是雪崩程度的問題，是我們周圍的地面全都會坍塌啊。

「雪花，抓緊我！」

「嗚哇……！」

我抱住雪花的身體，在崩塌的雪地上操控滑雪板——但這感覺已經不是滑行，而是落下了。五公尺，十公尺。落下衝擊的力道可能造成致命性的傷害。而且從頭上崩落下來的大量雪塊也會把我們壓死。

無路可逃的死從上下雙向逼近——雪花緊緊抓住了我。

但即便如此……

我不會放棄。武偵憲章第十條——不要放棄。武偵絕不放棄——！

（——讓我趕上啊！）

我將之前金天交給我的開傘彈樣品從拋彈殼孔裝入手槍膛室。接著立刻讓爆發模式的腦袋全速運轉，三次元測定上下前後左右全部雪塊的崩落軌跡——「砰！」一聲朝斜上方開槍。

平賀同學製作的那顆子彈穿越撒落的雪簷碎塊之間，在上空分裂似地開始展開……雖然我看不清楚究竟有沒有開成傘狀，但還是不管三七二十一用右手抓住了紅色的滯空彈子。接著用左手臂緊緊地、緊緊地抱住雪花。

「啊……！」

與我的身體正面緊貼的雪花發出女人的聲音——

滯空彈子傳來拉扯的手感。我忍耐著接連落下的雪塊回頭仰望，便看到自己抓著一條細得有如蜘蛛絲的複相芳綸纖維，並垂掛在一面薄到幾乎看不見的降落傘下。只能藉由光線折射辨識的那面拱門型降落傘非常小，是一人用啊。

（……嗚……！）

現在垂掛兩人份的重量，無法保持安全速度降落——不過最起碼讓掉落速度大幅減緩了。

我緊抓著名副其實成為救命繩的滯空彈子，忍受著從上空不斷崩落的沉重雪塊。忍受著……忍受著……

啪唰啊啊啊啊啊啊──！我和雪花在崩塌的雪簷形成的大部分雪塊都掉落之後，才兩人一起落在雪坡上。

緊接著雪崩般崩落的雪有如海嘯一樣吞沒我和雪花。我們腳下的滑雪板都早已脫落不知被沖到何處去了。我們就像在被放在巨人手上玩耍的彈珠一樣不斷滾動，但我還是緊抱著雪花不放。

「雪花……！」

「……金次……！」

在一片白色的世界中，只能聽到彼此的聲音──

漫長得有如經過了好幾十分鐘、地獄般的幾十秒總算結束。

翻動的雪停下來了。

「……嗚……」

「……金、次……」

我和雪花……勉強逃過了被活埋的命運。然而我的胸口以下，雪花的腰部以下都被埋在雪中，無法立刻爬出來。

在彷彿被冰凍的寒意中，我瞥眼望向滑雪道的坡下──

在Focke-Achgelis……Ｆａ２６９改的後部艙門處，Kettenkrad正發出「咖咖咖」的履帶聲響進入艙內。朝著地面的兩側螺旋翼已經旋轉到充分的速度，讓Ｆａ２６９改緩緩上升了。

它一開始像上下顛倒的雙螺旋直升機一樣上升，接著將長長的著地輪收納的同時逐漸變形成推進式螺旋飛機……而我只能眼睜睜看著它離開。

「——金次，你沒事吧……！」

勉強靠自己的力量把雪撥開的雪花幫忙拉住我的手臂……讓我也從積雪中脫逃出來。

「雪花……謝謝。我沒事。」

「……太好了……太好了……」

見到我微笑後，用小鳥坐的姿勢癱坐在地上緊張看著我的雪花……露出打從心底鬆了一口氣的表情，變得眼眶含淚。

然後又「啊」地露出似乎察覺什麼事情的表情，把手放到她雄偉的雙峰上——

「……這個、心情是……」

她臉頰漸漸泛紅，放低視線，沮喪地垂下頭。

「原來如此……所以本人才會變得無法充分戰鬥啊……」

見到雪花害羞似地如此呢喃，頭都垂到軍帽快要掉下來的樣子……

「怎麼啦？難道妳在掉落的時候傷到什麼地方嗎？」

我不禁擔心地如此詢問。

「掉落的時候……說得對……不，其實這個徵狀早在幾天前就出現在本人心中了。

去竹下町時，會想要穿穿看那個有如咖啡店女服務生的服裝……現在也是，會覺得你是如此可靠……或許本人，是身為一個女人……在掉下來的同時，也一起掉落了……」

抬起眼珠看向我的雪花，跟我四目相交後又畏怯似地別開視線。接著……

「……掉落入情網啊……」

用妖豔到教人停止呼吸的動作，再度瞥眼看向我。臉頰的紅潮擴大到耳根，露出深邃而溼潤、使人著迷的雌性眼神。削弱我的理性，激起我雄性的本能。

——雪花——

那個絕不會把自己託付給別人，高潔到甚至有點潔癖的雪花。那個主張自己是男性，言行舉止也像個男性的雪花。

此刻在我眼前卻一點都不擺架子地表現出的態度——很明顯是女性的態度。

「別這樣。不要看現在的本人啊……！」

雪花用手遮住她美麗的臉蛋，像個年幼的小孩般耍起脾氣。明明她叫我別看，我卻不知為何沒辦法讓視線從雪花左右甩動著黑髮的模樣移開。簡直就像轉動眼球的肌肉全都被凍結了一樣。

「金次，本人遇上傷腦筋的狀況了。這都是你的錯。你要負起責任，想想該怎麼辦才好。幫本人想想法子吧。」

雪花彷彿退化成少女似地表現出刺激保護慾望的態度，同時又在雪地中凸顯出她那充滿成人女性魅力的罪惡肉體——將相反的兩種魅力徹底展現在我眼前。

「傷、傷腦筋的狀況……？責任……？」

感到困惑的我腦中——閃過以前金女主張雙極兄妹的理論並戰略性進入爆發模式時的模樣。雖然畢竟是不同人所以散發出的魅力也不一樣，但這個刺激男性本能中樞滾滾發燙的感覺——是女性的爆發模式……！

根據雪花現在的發言來思考，她似乎是被我們帶到女孩之街・原宿時——讓「自己是女生」的感覺植入潛意識了。

然後現在由於我貿然在雪花眼前讓她看到爆發模式下的我，結果就讓她那個潛意識綻放開花了。

戰爭與和平。男性與女性。站到和平這一側的雪花，同時也站到了女性這一側，結果似乎讓她的爆發模式也變質了。因此在這次的戰鬥中無法發揮出原本的實力，導致讓蕾芬潔上校逃掉了——

「該怎麼辦？很傷腦筋的是，本人的身心都渴望著要成為你的女人。本人的胸口和腹部深處、都又燙又疼……本人、本人……」

最後終於哭出來的雪花，用戴著白手套的手遮住發紅的臉蛋。

接著有如在雪地中綻放的花朵般，讓秀髮隨風散開並對我說道：

「本人變得喜歡上你了啊……！」

Go For The NEXT!!!!!!

後記

本人衷心慰問由於新型冠狀病毒的流行而受害的所有朋友們。

當我在撰寫本書的時候，世界上發生了很嚴重的事情。而且現在依然在持續。對我來說，這是第一次體驗到全世界同時陷入危機的狀況。相信對於閱讀本書的各位讀者來說應該也是一樣。

這場危機並不是由於人類之間的戰爭或ＡＩ的失控，而是由於微小到肉眼都看不見的病毒所引起的。人與人之間被隔離，街道上一片寂靜，許多人因此失去了工作的場所或學習的機會。

雖然像是好幾年前技術上就已經能夠辦到卻沒有普及的「在家工作」模式，總算被廣為認知等等，社會上也有得到某些正面性的進步。然而危機終究是危機。失去的部分遠比得到的好處來得多，大家也經歷了相當難受而恐怖的日子。我想這點應該是不爭的事實。

在這樣的狀況中，筆者重新體認到一件事情。

那就是「有趣」的重要性。

小說、動漫畫、歌曲音樂、影片電影、遊戲、運動、觀賽……我是多虧這些有趣的東西支持下，才得以在有如絕望鄉的節制外出生活中繼續撰寫這篇故事的。

當遇上難受、恐怖的時候，這類有趣的東西便顯得更重要。因為有趣的感受能夠揮散難受與恐怖的心情。這和從現實別開視線的行為有點不一樣。因為所謂的現實，是包含這些有趣事物在內的。為了克服世上的各種困難，堅強活下去，人類自古以來都與有趣的事物同在。

雖然像活動或卡拉ＯＫ等等，新型冠狀病毒甚至侵蝕到一部分有趣的事物（筆者難得中選入門票的奧運也因此延期了！），但還是不能受挫放棄。請各位珍惜現在還可以享受到的有趣事物。不要輸給難受或恐怖的心情。

有人說「有趣（面白い）」這個詞的來源，是人們在黑暗的夜晚圍繞著火垂著頭的時候——有人講出好玩的事情讓大家抬起頭，而呈現出眾人的笑臉被火光照耀成白色的景象。

——但願筆者撰寫的故事，能夠成為在這個新型冠狀病毒的黑夜中，使您能夠把臉抬起來的力量。

二〇二〇年六月吉日　赤松中學

■亞莉亞轉眼間連載到
33集了！
由於雪花在設定
上身高較高，
因此可以稍微把
頭身比例提高，
畫起來很有趣呢！

那麼就期待下一集

緋彈的亞莉亞

Aria the Scarlet Ammo

浮文字

緋彈的亞莉亞(33) 花冠的歸國兵

（原名：緋弾のアリア XXXIII 花冠の帰還兵（ブルーメン・クローネ））

作者／赤松中學　封面插畫／こぶいち　譯者／陳梵帆
發行人／黃鎮隆　副總經理／陳君平
副理／洪琇菁　國際版權／黃令歡
執行編輯／呂尚燁　美術主編／陳聖義
企劃宣傳／邱小祐
出版／城邦文化事業股份有限公司　尖端出版
台北市中山區民生東路二段一四一號十樓
電話：（〇二）二五〇〇七六〇〇　傳真：（〇二）二五〇〇二六八三
E-mail：7novels@mail2.spp.com.tw
發行／英屬蓋曼群島商家庭傳媒股份有限公司城邦分公司　尖端出版
台北市中山區民生東路二段一四一號十樓
電話：（〇二）二五〇〇—七六〇〇（代表號）
傳真：（〇二）二五〇〇—一九七九
中彰投以北經銷（含宜花東）／楨彥有限公司
電話：（〇二）八九一九—三三六九
傳真：（〇二）八九一四—五五二四
雲嘉經銷／智豐圖書股份有限公司　嘉義公司
電話：（〇五）二三三—三八五二
傳真：（〇五）二三三—三八六三
南部經銷／智豐圖書股份有限公司　高雄公司
電話：（〇七）三七三—〇〇七九
傳真：（〇七）三七三—〇〇八七
一代匯集／香港九龍旺角塘尾道六十四號龍駒企業大廈十樓B&D室
電話：（八五二）二七八三—八一〇二
傳真：（八五二）二七八二—一五二九
馬新經銷／城邦（馬新）出版集團　Cite(M)Sdn.Bhd.
E-mail：Cite@cite.com.my
法律顧問／王子文律師　元禾法律事務所
北市羅斯福路三段三十七號十五樓
二〇二一年一月一版一刷

■中文版■

郵購注意事項：
1. 填妥劃撥單資料：帳號：50003021戶名：英屬蓋曼群島商家庭傳媒(股)公司城邦分公司。2. 通信欄內註明訂購書名與冊數。3. 劃撥金額低於500元，請加附掛號郵資50元。如劃撥日起 10～14日，仍未收到書時，請洽劃撥組。劃撥專線TEL：(03) 312-4212 ・ FAX：(03) 322-4621。E-mail：marketing@spp.com.tw

國家圖書館出版品預行編目資料

緋彈的亞莉亞33 / 赤松中學 著 ； 陳梵帆 譯.--1版.
--臺北市：尖端出版, 2021.01
面 ； 公分.--(浮文字)
譯自:緋弾のアリア
ISBN 978-957-10-9304-8(第33冊：平裝)

861.57 109019024

緋彈的亞莉亞
Aria the Scarlet Ammo